小さい予言者

浮穴みみ

双葉文庫

目次

ウタ・ヌプリ 7
費府《フィラデルフィア》早春 53
日蝕の島で 107
稚内港北防波堤 185
小さい予言者 231
解説 田口幹人 334

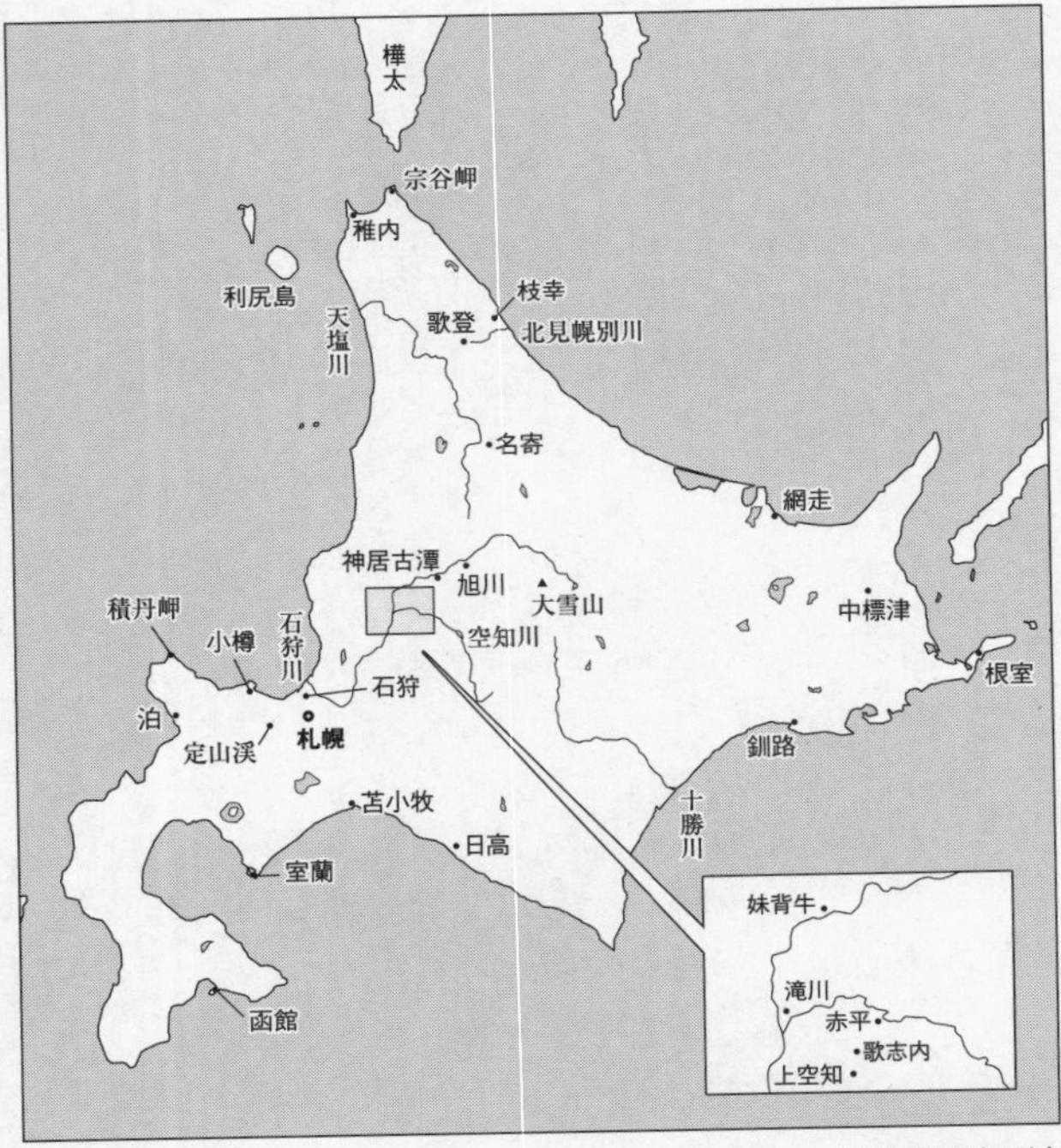
樺太
宗谷岬
稚内
利尻島
枝幸
歌登
北見幌別川
天塩川
名寄
網走
神居古潭
旭川
大雪山
中標津
根室
積丹岬
小樽
石狩川
空知川
石狩
泊
定山渓
札幌
釧路
苫小牧
十勝川
日高
室蘭
函館
妹背牛
滝川
赤平
歌志内
上空知

※上空知は架空の地名

ウタ・ヌプリ

真昼の日差しは、ただ白くまぶしいだけなのに、どうして夜明けと日暮れは、何もかも黄金《こがね》色に輝くのだろう。

木々も風も流れる川も、まるで空から金粉《きんぷん》をまき散らしたようである。

「金の川みたいやな」

日の名残りの一閃《いっせん》に目を細めながら、弥太郎《やたろう》がつぶやくと、

「日が傾くべ。そのせいで、お天道《てんと》さんのしずくが、こぼれるんでないかい」

留次《とめじ》は、中年らしく訳知り顔で、太陽に見立てた茶碗酒を傾けてみせ、おっとっと、としたたる酒をすすった。

砂金掘りの一日が、今日も暮れようとしていた。

北見国《きたみのくに》、枝幸《えさし》港からウソタンナイ砂金地へ向かう山中で、弥太郎と留次は道連れになった。留次の本業は枝幸の漁師だという。いわば弥太郎と同じ、にわか砂金掘りだ

った。

エサシといっても、「江差《えさし》の五月は江戸にもない」とかつて栄えた道南の港・江差とはまったく別の土地である。

北見枝幸は北海道の北の果て。海沿いこそ漁場でひらけたが、内陸は、明治の半ばを過ぎても、依然として未開拓の湿地が広がっていた。

ところが明治三十一年（一八九八年）の夏、北見枝幸の幌別《ほろべつ》川上流で、金田が見つかったのだ。

北海道は黄金の島だ、どこを掘っても金が出る。松前《まつまえ》の殿様は、官軍に奪われるのが嫌さに黄金仕立ての牛《べこ》を津軽の海に沈めたらしい、そんな伝説が、にわかに現実味を帯びてきた。

枝幸の海岸や幌別川の支流でも、川を浚《さら》えば砂金がいくらでも採れるのだ、という噂が広がると、日本全国から、一攫千金《いっかくせんきん》を夢見る有象無象が、どっと枝幸に押しかけた。

折しも不漁に喘《あえ》いでいた枝幸の漁民も、海に見切りをつけ、大挙して山を目指した。

留次もそんな漁民の一人だった。

「砂金が出たおかげで助かった。枝幸の民は、みんな年が越せただよ」

「そんなに採れましたか」

「そりゃもう、はじめは、たきぎでも拾うみたく、砂金を拾って歩いただよ。掘れば掘ったで、きりがねえくらい採れた」

「留次さんは漁師やさかい、山仕事はしんどくありませんか」

「なあに、要は採って採って採りまくる、魚も砂金もおんなじだ。どっちも水ん中だ。しょっぱいか、しょっぱくないかの違いだな」

そう言って、留次は歯の欠けた口をあけて、だらしなく笑った。

笹で屋根をふいた、急ごしらえの草小屋の中である。屋根の隙間から夕焼けが見えていた。弥太郎は、砂金掘りの現場で一日の仕事を終えると、いつもこうして同僚の留次と茶碗酒を酌み交わすのだった。

「だども、近頃は、やりにくくなったわ。今年の春に山さ入ってみたら、事務所はできる、巡査はうろうろする、まったく、やりにくくなったわ」

留次は眉をひそめた。弥太郎の父親くらいの年頃だろうか。日焼けした赤ら顔は、漁師のそれである。

「砂金も、一時《いっとき》よりは減ってきたしな。こんだけみんなして採りまくれば、底を突くのも無理ねえさ。それでも、浜で鰊《にしん》に待ちぼうけくわされるより、雇われでもこっちのほうが、ずんと実入りはいいもな。おかげで酒も飲める」

「おらも、留次さんのおかげで助かりました」

「だっておめえ、山ん中でよ、迷子のガキみてえに、泣き出しそうなツラでぼーっと突っ立ってたべさ。とっても見過ごせなかったも、おらも、人がいいよ」

「すんません」

「相身互《あいみ》いよ。さ、やれ、兄ちゃん」

目尻の皺《しわ》を深くして、留次は弥太郎の茶碗になみなみと酒を注《つ》いだ。

数年にわたって、ほぼ無法地帯であった砂金地に、この春以降、鉱区が張り巡らされるようになった。役所に出願して許可を受けた鉱主が、砂金地を管理するようになった。いわば、砂金地の地主である。

それまで砂金掘りたちは、好き放題に川を浚っていたのだ。ところが、それができなくなった。監察料や入地料を納めねばならず、勝手に砂金地に入りこむと、密採者として処罰される。事情を知らずに、夢に浮かされて乗りこんできた一旗組は、前金が払えなくて、すごすごと引き上げた。

弥太郎も似たようなものだった。山にさえ入ればなんとかなる、そう思い込んでいたが、いざとなると途方に暮れた。たまたま道連れになった留次が世話を焼いてくれなければ、仕事にありつくことなどできなかっただろう。

おかげで今は留次とともに、ウソタンナイ砂金地にある、鉱主抱えの親方の下で働いていた。三十人くらいの砂金掘りが手分けして採金作業にいそしむ、中規模の現場である。

留次は、自分の身の上話はしたが、弥太郎の素性をただすことはしなかった。いずれわけありと見抜いたのだろう。

確かに、おらはわけありや。

弥太郎は焼酎の酔いに身を任せ、ごろりと横になった。屋根の隙間から、薄墨色に暮れていく空が見えた。黄金の川は夢のように薄れ、宵《よい》が忍び寄ってきていた。

弥太郎は、北海道は北見国枝幸郡に位置する上幌別《かみほろべつ》原野に、父母と三人で石川県から移住した。明治三十一年、去年の春のことである。弥太郎は十六だった。

移住地は檜垣《ひがき》農場といって、秋田県書記官などを務めた檜垣直右《なおすけ》氏によって、その前年に開設されたばかりの、北海道拓殖計画の一助となる農場地であった。

小樽《おたる》から枝幸までは北まわりの航路である。枝幸の町から幌別川を川舟に乗って、倒木を切り拓《ひら》きながら遡上《そじよう》すること三日。それから更に原生林を掻き分けて、はるばる徒歩でたどり着いた農場は、全くの原野だった。

北海道は涼しいと聞いていたのに、夏になるとうだるように暑くなるので、弥太郎はひどく驚いた。藪蚊《やぶか》や毒虫にも悩まされた。そのくせ冬は、沢庵《たくあん》が凍るほど冷え込むのだから、あまりの辛さに泣くのを通り越して怒りがわいてきた。

とんだ新天地である。弥太郎は、北海道に渡ったことを心底悔やんだ。

しかも入植直後の昨秋、農場は洪水禍に見舞われた。やっと育った作物も、家も流された。何もかも始めからやり直しである。

そこに降ってわいたように、砂金景気《ゴールドラッシュ》がやってきたのである。

砂金掘りたちは檜垣農場にも現れた。移住民たちの小屋から、しばしば食料が盗まれ、畑は踏み荒らされた。弥太郎たちが苦労して拓いた農場は、彼らにとっては都合のいい、広くてなだらかな通路でしかなかった。

移住民の中にも浮足立つ者が出た。弥太郎もそうだった。

枝幸沖には、砂金地を目指す人々と物資を積んだ千石船《せんごくぶね》が、ひっきりなしに着くという。枝幸の町は、毎夜弦歌《げんか》と女たちの嬌声《きようせい》が絶えず、大賑わいであるらしい。

これこそ新天地の醍醐味《だいごみ》だ、これに乗らなければ、北海道に渡った意味がない。

弥太郎の胸は躍った。

農場管理者は、砂金など採ってはならぬと触れた。開墾こそが農場の使命だと再三諭されたが、移住民たちの中にも逃げ出す者が出てきた。砂金掘りはもとより、荷担ぎですら、小作の何倍もの実入りがあるのだ。運を賭けるには千載一遇のときだった。

弥太郎は、家でときどき砂金の話をもちだしては様子をうかがった。だが父親の孝《こう》蔵《ぞう》は、不貞腐《ふてくさ》れたように首を横に振るだけだった。

もともと無口な父親である。何を考えているのか、わからない。

母親のつねは、いつでも孝蔵の言いなりである。文句も言わず、ただ黙々と開墾を続ける両親を、弥太郎は苛立《いらだ》たしく思った。

おとうだって、本当は行きたいに違いない。

つねが話したところによると、孝蔵は若いじぶん、一時家を飛び出し、博打《ばくち》打ちをしていたという。それもかなりの腕で、親分と呼ばれたこともあったらしいのだ。弥太郎が生まれるずっと前のことだ。そのことを思うと、弥太郎はかすかな怖《おそ》れと共にまぶしいような気持ちを、孝蔵に対して抱くのだった。

そしてつねは、「おとうが好き勝手をやめて、やっと家に帰ってきたとき、祖父《じい》ちゃんは、なんも言わんと、おとうを家に入れてくれたんや。それからは、憑《つ》き物が落ちたみたいに真面目になったさけ、ほんでやっと、ほっとした。おとうにはさんざ苦労をかけられたさけね」と決まって昔話を結ぶのだった。

だから砂金景気の噂が出たとき、きっと孝蔵は他人《ひと》に先立って山に行くだろうと思った。押し殺してはいても、そういう気概があるはずなのだ。孝蔵が勝負を賭けに行くなら、もちろん弥太郎もついていこうと考えていた。

だが孝蔵は動かなかった。

ヤキが回ったんだ。年を取って、おとうは意気地《いくじ》がなくなった。腰抜けになったんだ。

山へ山へと吹く風に、孝蔵だけが無関心なのが、弥太郎は歯がゆくてならなかった。

夏が盛りになるにつれ、檜垣農場を横切る砂金掘りの数が、目に見えて増え始めた。はじめは少しずつ、しまいには堰《せき》を切ったように、何百何千という砂金掘りたちが、金田を目指し、雲霞《うんか》のごとく農場を埋め尽くした。

関東豆を食い散らかし、背中には蝸牛《かたつむり》のような大きな荷を背負った人波が、まるで洪水のように後から後から押し寄せた。そして、山から下りてくる男たちの背には、砂金が一杯に詰まった焼酎の四合瓶が重そうに揺れていた。

もたもたしていると、乗り遅れるぞ。

弥太郎は焦りを感じた。

金儲《もう》けして、何が悪い。みんな、やっているではないか。

ある夜、とうとう弥太郎は家を出た。

真夜中なのに、外は驚くほど明るかった。月夜だった。

月明かりは弥太郎の行く手を真っ直ぐに照らしていた。砂金掘りたちが食い散らかした関東豆の殻の道が、山へと続いていく、それが弥太郎の道しるべだった。

山は書き割りのように夜空に黒くはりついていた。

振り返ると、農場が静寂《しじま》に暗く沈んでいた。

弥太郎は父母の眠る掘立小屋に背を向けた。そして、まるで怖いものにでも追われているかのように、前だけを見て一心に駆けた。


砂金掘りにも技術がいる。腕のない弥太郎にできるのは、はじめは土砂《どしゃ》運びくらいのものだった。

「一人前になるには、三年、いや五年はかかるべな。おらも、まんだ新米同然さ」

留次が、そう教えてくれた。

親分と師匠格の砂金掘りたちは、ほとんどが山形県から来たという。

「小泉《こいずみ》衆というだよ。あの人がたは、慣れてるからさ」

月山《がっさん》の山裾、寒河江《さがえ》川の下流に位置する三泉《みいずみ》村の小泉が、彼ら砂金掘りの故郷であった。

寒河江川は古くからの砂金地だった。今となっては掘り尽くされて、ほとんど採れない。

それでも、地主から搾り取られるばかりで赤貧《せきひん》の小作人たちは、わずかでも暮しの足しにしようと、血のにじむような工夫を重ねて川床《かわどこ》を浚い続けているという。

「したから、あの人がたは、おらだちとは技術が違うのさ。命懸けだもの」

砂金は川床に溜まることが多いから、道具を使って川床を浚う。道具は主に、ネコとカッチャ、エビザルに揺り板である。

まずは石や粘土で川を一部せき止め、幅や深さを調整する。だいたい二、三寸の深さだ。流れの底に、稲藁《いなわら》の芯であるミゴで編んだ布のようなネコを敷き、その上にエビザルを置く。カッチャは、先の尖《とが》った小型の鍬《くわ》のようなものである。大小のカッチャを使い分け、川底の砂礫《されき》をすくってザルに入れ、濾《こ》す。それから、ネコに落ちた小粒の砂礫を揺り板に移す。そして揺り板を丁寧に揺り動かして、砂金だけを残すのだ。

砂金掘りたちは、その作業を気の遠くなるほどえんえんと、根気よく繰り返す。親分の寅吉《とらきち》を筆頭に、小泉衆はそれぞれ手に馴染《なじ》んだ道具をたずさえ、無駄のない動きで、次々に容器を砂金で満たした。

カッチャ一つ使うのにも熟練の技が求められ、その加減が難しい。ちょっとでも川床を深く掘り過ぎると、

「こらっ、何やってるだ、金が流れてしまうべや」

親分の怒号が飛ぶ。

一月《ひとつき》もすると、弥太郎はあらかたのこつを覚えた。兄弟子から「筋がいい」とほめられるようにもなった。いっぱしの砂金掘り気取りである。

やがて、山頂から少しずつ錦《にしき》の緞帳《どんちょう》が下りてくるように木々が色づいて、留次が枝幸に帰ることになった。秋が近づいていた。

「弥太郎、おめえ、どうするだ」

「おらはもう少し、稼いでいきます」

弥太郎は帰るつもりはなかった。だが留次がいなくなったのを機に、今の現場を離れることにした。

せっかく一大決心をして、農場を出てきたのだ。一匹狼として、運試しをしてみた

かった。腕に自信もついてきた。ここにいては、いくら採っても自分の物にはならない。ある程度は稼げたが、小作と同じである。

山奥には、まだまだ鉱主の目の届かない支流があるはずだった。誰も手をつけていない処女地を見つけ出し、一山あてたいと夢想した。

だが笹藪をかきわけ、親爺《ひぐま》の咆哮《ほうこう》におびえ、険しい斜面を張り付くように上り下りしてやっとたどりついた奥地にも、すでに累々《るいるい》と砂金掘りたちが群がっていた。

小川の両岸には、にわか作りの草小屋が鈴なりになっていた。奥地の川には一匹狼の砂金掘りが多く、それぞれが黙々と作業していた。

いくら粘っても、砂金はわずかしか採れなかった。人が多すぎるのである。

弥太郎は、更に山奥へ分け入ることにした。

しかしどれほど山奥の細い支流にも、大抵はすでに手がつけられていた。川幅が広がり、石が積み上げられているのでわかる。誰かが見切りをつけたのだろう。小屋が残っていることもあった。そういう場所で、幾日か試し掘りをしてみたが、やはりほとんど採れなかった。

手付かずの砂金地など、もうないのか。

見込み違いに、弥太郎は焦りを覚えた。

巡査とかち合いそうになり、弥太郎はますます山奥へひそんだ。入地料を払っていない弥太郎は密採人だった。しかも、農場からの逃散人《ちょうさんにん》として、見つかればきつい仕置きをまぬがれないと思った。

奥へ奥へと川筋をたどるうちに食料が尽きた。仕方なく、魚や野草を採って飢えをしのいだ。

ある日の夜半、弥太郎は腹痛に襲われた。少し休めば治るだろうと思ったが、痛みは増すばかりだった。おまけに雨が降ってきて、野宿の弥太郎は濡れ鼠《ねずみ》になってしまった。

川べりのドロノキの下に、打ち捨てられた小屋が見えた。雨露《あめつゆ》をしのごうと、弥太郎は這《は》っていった。

ドロノキにしがみつきながら、弥太郎は激しい嘔吐《おうと》をもよおした。目を開けると、真っ赤な石楠花《しゃくなげ》の花が散って見えた。

もう秋なのに、どうして石楠花の花が咲いているのか。

気が遠くなってうずくまっていると、雨音に交じって下草を踏みしめる足音がした。

熊だ、おらは熊に食われるのだ。

獣くさい体が覆いかぶさってきた。弥太郎は何もわからなくなった。

金色の日差しに目を射られ、弥太郎は目を覚ました。

草小屋の中だった。見知らぬ着物を着せられて、乾いた筵《むしろ》の上に弥太郎は寝ていた。誰かが着替えさせてくれたのだ。

しばらく横たわっていると、小屋の入り口の筵が動いて、白髪頭の老人が入ってきた。

「起きたか」

「はい」

声がかすれた。腹のあたりがまだ痛むような気がした。

風が入ると、薬湯《やくとう》のにおいがした。枕元を見ると茶碗がある。

「おめえ、食い物にあたっただ。毒草でも食っただよ。血を吐いて、真っ赤だった」

「血を……」

石楠花の赤い花が散るのを見たと思ったのは、では自分の血だったのかと、弥太郎は腑に落ちた。

「毒消し飲ませただよ。気分どうだ」

「はい、すんませんでした」

老人は、ん、と短く返事をした。腰が曲がって、仙人のような豊かな白ひげをたくわえている。にこりともしない。

「寝てろ。あとで粥《かゆ》でも煮てやる」

偏屈そうな見かけによらず、老人は親切だった。

老人は松吉《まつきち》といった。砂金掘りだった。

どうやら老人は、一人で砂金掘りをしているらしかった。

起きられるようになると、弥太郎は松吉の仕事を手伝った。はじめは土砂運びを、やがて並んで川に入ってカッチャを操り、砂金を採るようになった。

「若いの、おめえ、にわか砂金掘りか。なかなか筋がいいな」

「ウソタンナイの現場で、修業しました」

「師匠はいたか」

「寅吉親分という……」

「ふん、泣きっ面《つら》の寅か。あれはわしが仕込んだ。十六、七、ちょうどあんたくらいの年頃でな、水が冷たいだの、おっかあが恋しいだのと、泣いてばかりだった」

寅吉親分は、他の小泉衆からも恐れられるほど気の荒い親分だったのに、松吉にかかると、まるで子ども扱いである。

「松吉さん……松吉親分も、最近枝幸に入ったんですか」

「ばかたれ。わしは十年も前から、北海道で大現場、二つも三つも張っとった。函館《はこだて》から利別川《としべつ》、日高《ひだか》は沙流川《さる》、鵡川《む》、夕張《ゆうばり》、天塩《てしお》……ゴールド・ラッシュだのと浮かれておる、にわか砂金掘りと一緒にするでねえ」

「すんません」

「だいたい、素人が、砂金砂金と騒ぎ立てる前から、わしらは山奥さ入ってたさ。急に猫も杓子《しゃくし》も押しかけてきおって、いい迷惑だ」

弥太郎は、自分が責められているようで、身の置き所がなかった。

松吉も、山形からやってきた小泉衆だった。

十年以上前に、雨宮敬次郎《あめみやけいじろう》という東京の実業家が北海道の金《きん》に目を付けた。資金を出し、雨宮砂金採取団を結成させた。中心になったのが、技術と経験のある小泉衆だったのだ。

採取団は数年後に解散したが、松吉のように北海道に残る道を選んだ者もいた。そして、今も小泉衆は、あちこちの砂金景気の現場を引っ張っているのである。

数日後、夕飯が済んでから、弥太郎はあらたまって松吉に頭を下げた。

「お世話になりました。いろいろすんませんでした。御礼です」

弥太郎は、前の現場で拾って隠し持っていた砂金を差し出した。松吉は珍しく、黄ばんだ歯を剝《む》きだして笑った。

「砂金掘りに砂金くれてどうするよ。そんなもん、そこらにいくらでもあらぁな。いいから、しまっとけ。それよりおめえ、この先、どうするだ。帰るのか」

「帰るところはありません」

「砂金やりてえだか」

「へえ。一山あてようと思って、山に入りました」

「そうか。したら、ここさおれ」

「いいんですか」

「ん。おめえは、まだ一人では無理だ」

松吉は黙って弥太郎に一升瓶をすすめた。まるでそれが、かためのしるしのように、二人はおごそかに盃《さかずき》を干した。

それから松吉にしごかれた。厳しかったが、楽しかった。

雪が降り始めても、松吉は火を焚いて作業を続けた。かじかんだ手足を温めながら、冷たい川で砂金を採るのだ。

寒かったが、きんと冷えた川床から、光のかけらがちらちらと浮き上がってくる、その瞬間がたまらなかった。時の過ぎるのも忘れて、弥太郎は光を追うのに熱中した。

あるとき、弥太郎が一人で作業をしていて、特大の砂金を見つけた。雨の後だった。上流のどこかから流れてきたのだ。

「こりゃ、すげえ。何やら、牛の形に似とらんか」

よく見ると、松吉の言うとおり、砂金は横向きの牛のようにも見えた。

「おめえは、運がいい。砂金掘りはな、運がよくなけりゃ駄目だ。おめえは向いとる」

やがて、更に寒さが厳しくなった。食料も尽きてきた。

「雪が深くなる前に、買い出しに行くべ。冬ごもりの仕度だ」

松吉が言った。

じき正月だった。

買い物を終えると、松吉は、昔の仲間のところへ顔を出してくるという。

「二、三日で、わしも戻る。おめえは先に帰ってろ」

そう言われて、枝幸の町で松吉と別れた。

川筋をたどっていけば、じき檜垣農場である。ふと心が動いたが、弥太郎は農場へは行かず、枝幸の町を歩いてみることにした。

当てがあったわけではない。だが、ふところは温かかった。このまま農場に帰って、孝蔵に叱られ、金を取り上げられるのでは割に合わないと思った。

少しはいい思いをしなくちゃな。

藤助《とうすけ》に出会ったのは、町に入ってすぐだった。繁華街をうろついていた弥太郎に、向こうから声をかけてきた。

「弥太郎やないか。なんしとるんや」

「藤助、おまえこそ、なんや」

藤助は、檜垣農場に一緒に移住した、かつての仲間だった。ゴールド・ラッシュ騒ぎの真っ最中に姿をくらまし、行方知れずになっていた。

「まあ、いろいろとあってな。そやけど、むさくるしい野良仕事しとるより、今のほうが、ずっとええで。見たとこ、あんたも砂金やっとるやろ。同類や」

藤助は、よくしゃべる。母親が西国《さいごく》の出らしく、言葉に訛《なま》りがあった。農場での仕事ぶりは不真面目だったが、人に取り入って立ち回るのがうまかった。

藤助は、懐かしそうに笑って顔を寄せてきた。

「どや、一緒に来んか。ええコ《こ》がぎょーさんおるで」

親しげに肩を組まれて、弥太郎は連れられていった。

藤助は、「花の家《はなや》」という、料理屋兼女郎屋に居続けていた。

すでに藤助の仲間が集まっていた。いずれも流れ者、にわか砂金掘りのようだった。

弥太郎が加わると、芸妓《げいぎ》を呼んで宴会になった。

脂粉《しふん》のにおいも、三味線のにぎやかさも、弥太郎には初めての事ばかりだった。

女たちに囲まれていると、一人前の男になったのだという気がした。弥太郎は、今までに感じたことのない、高揚に浮かされていた。

料理屋の二階には部屋が並び、女を呼ぶことができた。酒が回ると藤助は、馴染みらしい色白で太りじしの女を抱え込んだ。

「女将《おかみ》、この弥太に、とびきりのべっぴんを頼むで。ほな、お先に」

言い置いて、藤助はさっさと二階に上がってしまった。

「はいよ、ごゆっくり……弥太さん、あんたも上に行きますか」

女将が落ち着いた口調で弥太郎に聞いた。四十年配のきれいな女である。遊び女《め》たちとは違って、どこか一本筋の通っているような、それでいて古くからの知り合いのような、心やすい笑みを寄越した。いずれどこか都会から流れてきたのだろう。垢《あか》ぬけてはいるが、嫌味はなかった。

弥太郎は、親戚の家にでも泊まるような気持ちでうなずいた。女と寝るのは初めてだった。

菊の間という部屋で待っていると、隣り合った部屋べやから、男女の睦言《むつごと》が聞こえた。

弥太郎は手酌で酒を飲んだ。中風《ちゆうふう》のように手が震えて、どうにも止められなかった。

いい加減酔って、くたびれてもいるのに、頭の芯だけが意地汚く冴えていた。まるで自分が、雌を狙う一頭の獣になったようで、恥ずかしくて逃げ出したくなった。

廊下を小刻みの足音がして、ふすまがいきなり開いた。

「お待たせいたしました。小菊《こぎく》でございます」

弥太郎は我が目を疑った。廊下に掛け軸でもあって、そこに描かれている絵なのかと思った。

それほど女は、この世のものとは思えないほど美しかった。

だが女は生身だった。かげろうのようにたおやかに身をくねらせて、弥太郎に寄り添った。

「小菊でございます」

もう一度、女が言った。不思議そうに弥太郎の顔をながめている。

弥太郎は答えるのも忘れて、川底できらめく黒曜石《こくようせき》のような黒い瞳に吸い寄せられていた。

小菊は徳利《とっくり》を持ち、酌をした。それでやっと弥太郎は、

「お、おう」

とだけ、答えることができた。体中が、かっかと火照《ほて》った。
二十二、三か、それとももっと上だろうか。小菊は落ち着いた口振りである。白い肌も黒髪も、水を含んだようにしっとりとなめらかだった。
乙姫《おとひめ》様とは、こんな人のことをいうのだろう。

弥太郎は、自分が浦島太郎なのだと夢想した。このままずっと、何百年も小菊の顔を見つめていても、飽きることなどないと思った。

「若いひとなのね。いくつ」

酌をしながら小菊が聞いた。梔子《くちなし》のはなびらのような耳たぶが、弥太郎の目の前で息づいていた。

「じゅう……いや、はたちや」

虚勢を張って、弥太郎は大人ぶった。

「ふうん。あんた、砂金掘りなの」

「そうだよ。なんでや」

「なんだか、ほかのひとたちと違うかんじがしたのよ」

「違うって、何がや」

「そうね、あんた、ちょっと砂金掘りにしちゃ、真面目そうだもの」

「ああ、おら真面目だ」

弥太郎が答えると、小菊はくすくすと笑った。

「おかしなひとだね」

花が開くように、小菊は笑った。

他の男と違う、と言われて、弥太郎は気分が浮《うわ》つくのを感じた。自分は特別だと言われたような気がした。

外は吹雪が続いていた。藤助と弥太郎は居続けとしゃれこんだ。

「砂金ならいくらでもある。なくなりゃ、また掘ればいい」

藤助は無頓着だった。

小菊はやがて打ち解けた。寝物語に身の上話をするようになった。

小菊の故郷は山形県の寒河江の近くだという。砂金掘りのさかんな、松吉たちとは近在だ。

小菊はあまり故郷の話をしたがらなかった。それよりも、弥太郎のいた檜垣農場の話を聞きたがった。

あるとき、小菊がふとつぶやいた。

「うちにかえりたい」

「うちって、山形か」

「山形になんか、かえりたくない。貧乏暮しで、いいことなんかひとつもなかった」

吐き捨てるように小菊は言った。

「かえりたいのは、うたのぼり。歌登《うたのぼり》のうちにかえりたい」

「歌登、枝幸の南の、海沿いにある歌登か」

「ええ。歌登にあたし、家があったの。もうなくなっちまったけど」

「へえ」

「こっちに来たころ、そこに住んでたのさ。ボロ屋だけどね、海岸にあって、海が見えたっけ。潮のにおいがして、かもめが鳴いて。川のそばに砂山があってね。砂山は昔、砦《とりで》だったそうなのよ」

「アイヌの砦か」

「さあね。もっともっと大昔の砦かもしれないね。あれを見ていると、守られているような気がして。何か安心したものよ」

「へえ」

「歌登って、砂山って意味なんだって、アイヌ語で。砂の砦。かえりたいな、あのうちに」

四日ほど居続けて、弥太郎は後ろ髪を引かれる思いで、松吉の小屋へ戻った。

「遅かったな」

松吉はそう言っただけで、深く問い詰めてはこなかった。

やがて川辺に福寿草が咲き、蕗《ふき》の薹《とう》が顔を出し始めた。

弥太郎たちは本格的に仕事を再開した。

ところが、寝ても覚めても、小菊の面影が蘇ってくる。川を浚っていても、揺り板を動かしていても、弥太郎は小菊のことばかり思った。

「何ぼうっとしとるだ」

松吉に叱られることが増えた。

小菊に会えるその日だけを楽しみに、弥太郎は精を出した。だがそのうちに、会えない間の小菊のことが気になって、たまらなくなった。他の男に春を売っているかと思うと、気が気ではない。

小菊を女房にできたら。

夢のような話だった。

一月《ひとつき》ほどが過ぎ、水がぬるみ、山にもやっと花の便りが届きはじめたころ、突然、藤助が訪ねてきた。

松吉は嫌な顔をした。

「弥太、おめえ、あいつにこの場所、しゃべったのか」

「しゃべってねえです、誓って」

「したら、なんで来るんだ」

砂金掘りは、自分の現場を人に知られるのを嫌う。独立でやっている場合は尚更だ。いわばここは松吉の縄張りだった。

「あてずっぽうや。こっちのほうやろか、と思うてたら、小屋が見えてな。俺、勘はええほうなんや。すんまへん、親分さん、突然お邪魔しまして」

藤助は臆することなく、松吉に向かって人懐《ひとなつ》っこく笑った。

松吉が上流に姿を消すと、藤助が近づいてきてささやいた。

「なあ、弥太郎、俺と一緒に独立でやらんか」

山奥に、心当たりの、かなり期待のできそうな砂金場を見つけたのだという。まだ誰も手を付けていない、正真正銘の処女地である。一人でやりたくとも、藤助には腕がない。弥太郎の人となりと腕を見込んで、話を持ちかけたのだ。

「儲けは山分けや」

弥太郎は迷った。松吉と組んで以来、腕は格段に上がったと思うが、独立でやるには心細かった。

「弥太があかんとなると、他をあたらな。そやけど、俺、あんたとやりたいんや。俺と組めば、こんなシケた現場で、死にかけの爺さんとちんたら稼ぐより、よっぽどいい目見せたる。儲けは保証するで」

甘えるような藤助の誘いに心が動いた。

まとまった金が入れば、小菊を受けだして、女房にできるかもしれない。

弥太郎の胸の奥でくすぶっていた夢が、にわかに形を成してきた。

歌登に家を買おう。小菊の言う、砂山のそばに。海の見える家を。そこで小菊は、子どもを育てながら、弥太郎が砂金地から帰るのを待つのだ。不自由はさせない。金はいくらでもある。なくなれば、また採ればいい。枝幸は宝の山なのだ。


久しぶりの逢瀬、小菊は嬉しそうに弥太郎を迎えてくれた。自分の決心をなかなか言い出せなかった弥太郎は、帰り際、思い切って口を開いた。

「小菊、一緒になろう。苦労はさせん。おら、親方に筋がいって言われとる。砂金で金持ちになれる。さけ、一緒になろうや」

「……いいよ」

弥太郎は天にも昇る心地だった。

「本当か」

「いいよ、あんたと一緒になる。ただし、頼みがあるだよ」

「なんや」

「砂金掘り、やめてちょうだい。農場に帰って、真っ当に暮らすっていうなら、あたし、あんたと一緒になってもいい」

「馬鹿な」

弥太郎はせせら笑った。

「砂金を採らんで、どう暮らしていけるんだ。小作じゃ、食っていくのがやっとだ。それよりも……」

弥太郎はカッチャを掲げてみせた。

「これ一本で、一攫千金や。苦労はさせん。おらと一緒になろう」

「あんた、わかってないのよ」

「なんが」

「あんた、なんもわかってないのよ」

「わかっとらんのは、小菊、おまえのほうだ。歌登に家を建てよう。砦のそばの海の見えるところに、うち建てよう」

「弥太郎さん」

「うん」

「お願いだから、砂金掘りやめて、そして、あたしと一緒になって」

「一緒になる。なるよ。だがな、小菊、砂金はやめん」

小菊は悲しそうにうつむいた。

「おらがおまえのこと、守ってやる」

それでも小菊は答えない。

「この次は、うんと金持ってくる。当てがあるんや。おまえを受けだす。一緒になろう」

小菊はしまいには笑顔を見せた。

「いいよ、わかった。来てね、きっとよ」


「どこさ行くだ」

松吉に呼び止められて、小屋から出ようとしていた弥太郎は縮み上がった。

朝焼けが東の空を焦がしていた。湿った風が吹いている。雨のにおいがした。

「旅支度だな。出ていくのか」

「親分、すんません」

「あの男に誘われたな、この間来た、西国訛りの」

藤助と現場を張りに行くとはどうしても言い出せず、こっそり出ていこうとしたが、松吉はお見通しだった。

「あいつと現場張るのか」

「へえ。手伝ってくれと頼まれました。二人で……おらもやってみたいと思いました。親分、見逃してくれ。おらたち、ここが大勝負や。のるかそるかの……」

「やめとけ。弥太、おめえにはまだ早い」

「しかし男なら、勝負賭けんとならんときが、あるでしょう」

「おめえが一人前になって、それでも行くというなら、わしは止めねえ。だども、おめえはまだ半人前どころか、ひよっこだ。独立は無理だ」

どう言われても、弥太郎の決心は変わらなかった。

「なあ弥太、何もかもは、手に入らねえんだぞ」

弥太郎は、鞭《むち》で打たれたように立ちすくんだ。

「わしを見ろ。砂金一筋でやってきたこの老いぼれを。この腕一本で、極楽みてえな思いもしたが、地獄も見た。だども、なんも残らんかった。かかあはずっと昔、子ども連れて出ていって、それきりだ。娘はいまごろ、どうしているか、もう嫁にいったか」

松吉は寂しそうに笑った。

「砂金掘りやってると、家のことなど忘れちまう。採ったら採ったで遊びに夢中だ。やっぱり家のことなど、忘れっちまう。川床浚うと、いくらでも金が採れるんだもの。こったら面白れぇこと、他にはないぞ。里に下りても、しばらくすると、ケツのあたりがうずうずしてくる。掘りたくて、掘りたくて、居ても立ってもいられなくなる。またぞろ、山さ入るだよ。これはもう、病気だ」

松吉の老いた瞳が生き生きと輝いた。砂金掘り稼業に心底惚《ほ》れている、そういう目だった。

「わしはそれでいい。もう遊び尽くしたし、いい目も見た。あとはちんたら、砂金掘って食いつなぐ。そういう生き方だ。もう、なんもいらん。だが弥太、おめえにその覚悟はあるか。なんもかんも失っても、砂金やり続ける覚悟はあるか。ないだろう。そりゃそうだべ、おめえはまだ一人前でねえ。一人で張るのは無茶だ。砂金掘りのやるこっちゃねえ。それは、後先考えねえ、ただのごろつきのやることだ」

松吉の言うことは、わかるような気がした。

弥太郎は確かに半人前だった。しかし、この山は無限ではないか。山に入れば誰でも金持ちになれる。願いはなんでも叶う、何もかも手に入る、宝の山ではないか。おらにできないことが、あるものか。

「すんません、親分。藤助が待っとるんです。ぐずぐずしとったら、現場も誰かに横取りされるかもしれんのです。一仕事したら、帰ってきます」

「そううまくはいかねえ」

「すんません」

弥太郎は深く頭《こうべ》を垂れた。

そして、後も見ずに山を下った。


山にも遅い夏が来た。

藤助と弥太郎は、新しい現場の準備を進めていた。

里で買い出しをしてきた藤助が、興奮した面持ちでまくしたてた。

「おい、弥太、さっき異人と会《お》うたで。青いめん玉ぎょろぎょろさせて、のしのし歩いとったで」

「異人がいたがか。枝幸に」

「山ン中だ。ぎょうさん道具担いで、人足引き連れてな、現場張っとるんちゃうか」

「異人が砂金掘りするがか」

「するやろ、異人も。あんた知らんのか、クロンダイク」

「くろだいく、ってなんや」

「クロンダイクいう町の名前や。アメリカのゴールド・ラッシュや」

「アメリカにもゴールド・ラッシュがあったがか」

「あったも何も、あちらが本家みたいなもんや。というてもな、枝幸のゴールド・ラッシュとちょうど同じくらいの時期やな。あらほんまけったいやな、アメリカと日本で、同時に砂金が見つかるて、おもろないか」

「ああ、そうやな」

「なんやろ、雪崩《なだれ》みたいなもんかな。あっちで雪崩れりゃ、こっちも雪崩れる、てな。アメリカと日本、つながっとるんやろか」

「空はつながっとる。お天道様は一つや」

三年ほど前に、枝幸で日蝕《にっしょく》騒ぎがあった。北海道の北のほうで日蝕が見られるというので、全国どころか、世界中から観測隊が訪れて、枝幸が観測の中心地となった。あいにくの曇り空で日蝕は見られなかったと聞くが、雲のあちらで、太陽は真っ黒に翳《かげ》ったのだという。

そのときお天道様から、しずくがたっぷりこぼれたのかもしれない。

そんなふうにも思える。

試し掘りを終えると、藤助は目に見えて興奮してきた。

「ここはええぞ、ごっつええ感じや。弥太、こいつぁ大仕事やで。覚悟せいや」

ドロノキの根方に、とんでもない量の砂金が眠っていると踏んだのだ。

準備は万端だった。いよいよ明日から採金に取りかかるという夜、雨が降り出した。

雨は翌日もやまなかった。それどころか、次第に雨脚が強くなり、叩きつけるような豪雨となった。

「おい、弥太郎、起きぃや」

真夜中、藤助に揺り起こされて、弥太郎は妙な音を聞いた。

「水があふれる。はよ逃げな」

妙な音は、ごうごうと水が岩に叩きつけられる音だった。大石が崩れれば、小屋も一瞬で水に呑まれるだろう。弥太郎たちが川筋を変えたせいだった。

「そやけど、砂金は。せっかくの大仕事が」

「命のうなったら、元も子もあらへん。行くで」

二人は命からがら逃げ出した。

「なあに、また掘ればええやん。枝幸の山は宝の山や」

弥太郎も異存はなかった。だが、当てにしていた現場が駄目になって、小菊を受けだしたり、歌登に家を建てたりするほどの砂金は採れていない。

藤助は気楽だった。

「精進落《しようじん》としや。気分変えて、ぱあっと遊んで、それから出直そうや」

仲間と合流した藤助と弥太郎は、枝幸の一際大きな廓《くるわ》へ行った。どんちゃん騒ぎの末、気がつくと、蓄えはすっからかんになっていた。

なあに、また掘ればええやん。枝幸の山は宝の山や。

藤助の口癖は、いつか弥太郎の口癖になっていた。

しかし、なぜかそれからぴたりと砂金が採れなくなった。

場所をいくつか移ってみても、同じことだった。

「お天道様に、見放されたんやろか」

藤助は珍しく、弱気になった。

弥太郎は、やきもきしていた。小菊を迎えに行くと約束してから、もう半年が過ぎていた。じきに山は雪になる。

ある日、弥太郎が作業から帰ると、小屋がもぬけの殻だった。

二人で溜めた砂金や、鍋釜、衣類、米、一切合切を藤助が持ち去って、行方をくらましたのだ。

無一文で、すきっ腹を抱え、弥太郎は枝幸の町へ向かった。紅楼《こうろう》が妖しく誘い、食べ物のにおいが鼻をくすぐる。登楼どころか、当座の金にも事欠く有様だが、ひと目小菊に会って、待っていてくれと言いたかった。

なあに、ほんのしばらくの辛抱だ。また掘ればいい。枝幸の山は宝の山だ。

ところが、花の家に近づくにつれ、弥太郎は異変を感じた。

店の前に篝火《かがりび》が焚かれ、人が騒がしく出入りしていた。

火事かな。

枝幸は風が強く、火事は珍しくない。しかし、火の手が上がっている様子はなかった。

呆然《ぼうぜん》と立ちすくんでいると、ちょうど女将があたふたと飛び出してきた。

女将は、のそりと立っている弥太郎に気づくと、

「あ、あんた、何してたんだよっ」

といきなり怒鳴りつけた。

「何かあったんですか」

「あったも、何も、ひと足遅かったよ、小菊ちゃんが……」

「小菊が、なんやて」

「遅いよ、遅かったよ、小菊ちゃん、待ってたんだよ、あんたを……」

弥太郎は弾かれたように、階段を駆け上がった。

数人の男たちが廊下にたむろしていた。弥太郎は、男たちを遮二無二《しゃにむに》掻き分けた。

「何すんだ、こいつ」

ふすまは開け放たれていた。行灯《あんどん》が一つ、ぼうっとともっていた。

いきなり赤い色が目に飛び込んできた。弥太郎は、山道に咲く、深紅の石楠花を思い出した。

目を凝らすと、それは血だった。血の海だった。赤い海に、小菊の白い横顔が浮かんでいた。

「こいつ、つまみ出せ！」

男たちに両腕をつかまれて、弥太郎は部屋から追い出された。その間際、小菊のそばにもう一つ、若い男の顔が血の海に浮かんでいるのが見えた。

小菊には亭主がいたのだ。

亭主は山形県の砂金掘りだった。一旗揚げようと、小泉衆の遠縁を頼って、仲間と北海道に渡ってきたのだ。

やがて一儲けした亭主は、枝幸に小菊を呼び寄せた。砂金掘りから足を洗って、二人は歌登に家を持ち、旅館経営に乗り出したのだ。

ところが、素人商売は一年ほどで左前になった。

旅館をやめて、料理屋に商売替えをしたが、それも続かなかった。借金だけが残った。

亭主は、借金を返すためにまた砂金掘りを始めた。小菊は亭主を助けるために、料理屋で女中奉公をはじめた。

ところが亭主は、採った砂金をみんな遊びに使ってしまう。小菊がいくら言っても、亭主の遊び癖は直らなかった。借金は減るどころか、見る間にふくらんでいった。

とうとう小菊は、亭主の借金のカタに取られて、花の家で客をとるようになった。

小菊が女郎になると、亭主は時々、客として小菊に会いにきた。亭主は決まって、許してくれ、俺が悪かったと泣いて謝るのだが、それで行状が改まるでもない。

亭主と別れて一からやり直したい、小菊がそんなことを言い出したのは、今年の春のことだという。弥太郎が、一緒になろうと誘った頃だ。

「小菊ちゃん、待ってたんだよ、あんたを」

花の家の女将は、小菊から相談を受けていたという。

だが弥太郎は来なかった。

代わりに来たのは亭主だった。

いつものように泣いて謝る亭主を、小菊は隠し持っていた包丁で一息に刺した。そして、自分も喉を突いて死んだのだ。「助けてくれ」という亭主の断末魔を、隣の部屋の女郎と客が聞いていた。


どこをどう歩いたのかわからなかった。

やがて夜が明けた。海面《うみづら》が白く光っていた。

河口だった。丘のような砂山があった。

そこは歌登だった。

ウタ・ヌプリ、砂山という意味だという。かつての砦。

昔々、海から何かが押し寄せてきたのだろうか。その何かから、砦は何を守ろうとしたのだろうか。

風が強く吹いていた。波が荒く寄せてきた。

今も変わらず、海からは様々なものが押し寄せてくる。

人は皆、容易に押し流されてしまうと弥太郎は思った。

小菊は留まりたかったのだ。弥太郎という澪標《みおつくし》に必死にすがりつこうとしていたのだ。

それなのに、弥太郎は小菊を守って踏みとどまることができなかった。小菊の砦になれなかった。時流に押し流されて、浮世に踊ることを選んだ。

――弥太、何もかもは、手に入らねえんだぞ。

松吉の言葉が蘇った。

何もかも手に入れるどころか、弥太郎は、何もかも失ったのだ。

――弥太、おめえにその覚悟はあるか。なんもかんも失っても、砂金やり続ける覚悟はあるか。

松吉の後ろ姿が思い出された。痩せて骨ばった膝を露《あら》わに、一心に揺り板を揺する老人の、腰の曲がった後ろ姿が。

帰ろうか。

弥太郎は唐突にそう思った。

檜垣農場は閉じたかもしれないと、枝幸の人から聞いた。耕作地は砂金掘りに荒らされ、小作人たちは逃げ出して、今はもう誰もいないという。

それでも弥太郎は帰ることにした。

途中、砂金掘りの行列とすれ違った。関東豆を食い散らかし、背中には蝸牛のような大きな荷を背負った人々。

まるで引かれていく囚人の列のようだと弥太郎は思った。彼らの足首に、欲望に繫《つな》がれた足枷《あしかせ》が見えるような気がした。

農場に人影はなかった。だが昔住んでいた掘立小屋に近づいていくと、そこに、たった一人、鍬を振るう人がいた。

孝蔵だった。

「おとう」

弥太郎は駆け出していた。

孝蔵は、まぶしそうに弥太郎を見返した。

日に焼けた、皺深い顔だった。若い頃博打に溺れ、家を飛び出した男の顔だった。

極楽も地獄も見尽くして、今はこうして土の上に立っている。波に抗《あらが》う砦のように。

「おとう、おら、帰った」

「ん」

短く答えて、孝蔵は深くうなずいた。そして、家のほうへと歩き出した。

農場に朝日が降り注いでいた。

黄金《おうごん》の雨のようだった。

ここはきっと豊かな土地になるだろう、孝蔵の後を追いながら、弥太郎は思った。

費府早春

<small>フィラデルフィア</small>

その若い女の横顔を目にした瞬間、ライマンは心臓を鷲《わし》づかみにされた心地がして、思わず足を止めた。

フィラデルフィアの街の中、ワシントン・スクエアの並木道である。家路をたどる道すがら、公園を横切った。

月夜だった。三月半ばのまだ肌寒い夜気《やき》に身を縮めながら足早に歩いていると、ほんの数フィートほど先の大通りを、小柄な女がすうっと横切った。そのとき明るい街灯が彼女の白い横顔を、まるで舞台にいる人のように、はっきりと浮かび上がらせたのだ。

あの人だ。

と咄嗟《とっさ》に思うと同時に、

まさか、あの人がこんなところにいるはずがない。

そう打ち消した。見間違いだろう、と。

真偽を確かめたい衝動に突き動かされて、ライマンは大通りへ飛び出したが、女の姿はもう見えなかった。街灯の明かりが虚しく灰色の石畳を照らしていた。夢を見ているようだった。

おつねさん……。

記憶の底に沈んでいた彼女の名が、ゆっくりと浮かび上がってきた。

彼女、広瀬常《ひろせつね》とは東京で出会った。一八七四年（明治七年）、まだ三十代だったライマンは、うら若い異国の乙女に強く惹かれた。もう二十年以上も前のことである。寝ても覚めても彼女を思っていた時期がなかったとはいえない。だが、長い時間が経ち、常の面影は記憶の底に埋もれた。ちょうど幾重《いくえ》にも重なる地層が、アンモナイトの化石を埋めてしまうように。

やっぱり見間違いだろう。

昔一時《いっとき》知っていた日本人の女と、フィラデルフィアの街中で出くわすなんて、確率的にもありえない。そもそも二十年も経てば、女の顔も変わる。

だが、確かにあの横顔は……。

ライマンは諦めきれずに、ほの白く浮かび上がる石畳を見つめた。瞬《まばた》きのような一瞬の邂逅《かいこう》が、解けない数学の問題のように心に影を落としていた。

轟《とどろ》く胸を抱いたまま、ライマンは帰宅した。

ローカスト・ストリートはワシントン・スクエアの目の前である。レンガ造りの三階建て、二階部分がライマンの事務所兼自宅だった。

故郷のノーサンプトンにも、ライマンは家を持っていた。緑豊かで風光明媚《ふうこうめいび》な景色に恵まれた、赤レンガ造りの屋敷である。のんびり暮らすには最適だったが、仕事をするには、フィラデルフィアにいるほうが都合が良い。それに、独り者のライマンに、ベッドルームがいくつもあるお屋敷は少々広すぎたのである。ノーサンプトンの屋敷は人に貸し、フィラデルフィアに居を定めて、もう十年になる。

ライマンは地質・鉱山学者である。鉱山技師として事務所を構え、今でも現場の鉱山《やま》へ入る。若いときは、弁護士になるべくハーバードの法科を出たが、地質学者としてすでに高名だったレスリー伯父の助手を務めるうちに、そちらのほうが面白くなって転向してしまった。

二十一歳で欧州へ赴き、フランスやドイツの鉱山学校を終えた。その後アメリカに戻り、各地の地質・鉱床《こうしょう》調査に明け暮れた。イギリス政府の委嘱《いしょく》で、インドのパンジャブ地方に油田調査に行ったこともある。

地質を知ると、その土地がわかる。何層もの地層を探ることは、歴史をひもとくことだ。時には草木一つない岩肌に、命のあとを見ることがある。壮大な命の層である。

大地の層をつぶさに検《あらた》め、地球の営みに思いを馳《は》せるほど、素晴らしいことが他にあるだろうか。それこそ、人類の英知を集めた学問である。

ライマンがお雇い外国人として、日本に招聘《しょうへい》されたのは一八七二年（明治五年）、三十七歳の時である。

東洋の地質を研究する、またとないチャンスにライマンは飛びついた。地層を知る、すなわちそれは、未知の東洋を知ることである。歴史と風土、そして人々。興味は尽きなかった。中国や日本の地質調査を手がけるのは、ライマンの長年の夢でもあったのだ。

ライマンは都合八年、日本で暮らした。

江戸の面影が濃く残る東京。芝《しば》・増上寺《ぞうじょうじ》の境内《けいだい》には、設立されたばかりの開拓使仮学校があった。北海道開拓にたずさわる若者の教育機関である。江戸幕府瓦解《がかい》後の明治政府にとって、殖産興業、そして防衛の面でも、北海道開拓は急務だったのである。

ライマンに早速課せられた仕事は、北海道全域の地質鉱床調査だった。石炭を始め、金、鉄、硫黄《いおう》など、北海道は資源の宝庫と期待されていたのだ。

当時北海道の内陸部は、ほとんどが未開の原野だった。道なき道を踏破するだけでも大仕事なのに、測量や鉱物資源などの調査を行わなければならない。しかも早急に。手足となる優秀なチームが必要だった。

ライマンは、開拓使仮学校の生徒たちの中から十数人の生徒を選ぶと、地質学や鉱山学、測量術の基礎を短期間で叩きこんだ。助手の促成栽培である。付け焼刃《やきば》は否めなかったが、足りない知識や技術は、現場で鍛え上げるつもりだった。かつて彼自身が伯父のもとでそうして研鑽《けんさん》を積み、一人前になったのだった。

新しい国の新しい仕事にライマンは夢中だった。見るもの聞くもの、なにもかも新鮮だった。生まれ変わったような、血の滾《たぎ》りを感じていた。

そんなときである。広瀬常に出会ったのは。

あるパーティーの席上で、すみれ色の振袖に身を包んだ彼女を見た瞬間、雷に打たれたように動けなくなった。それまでしっかりと踏みしめていた地盤が、一瞬で砕け散ってしまったようだった。

常は、開拓使仮学校に併設されていた女学校の生徒だった。彼女はずば抜けて美しく、聡明だった。皇后が行啓《ぎょうけい》の折、選ばれて御前《ごぜん》で裁縫を披露したこともある。

日本の女には、この世ならぬ美が具《そな》わっている。絹の肌に絹糸の黒髪。豆真珠の歯並び。黒曜石《こくようせき》の瞳。すべてがミニアチュアの美しさだった。その美がライマンのかたくなな魂に、突如として稲妻のような亀裂を入れたのだ。

学校の敷地で彼女を見かけると胸が躍った。三十も半ばを過ぎて、自分でもどうかと思うほど胸を焦がした。やがて彼女を正式に娶《めと》りたいと思うようになった。

美貌に惹かれたというだけではない。ライマンは無宗教だった。そのうえ菜食主義者である。欧米人らしからぬそんな性向を、日本の娘ならば、むしろなんの偏見もなく、受け入れてくれるだろう、そんな期待もあったのだ。

だが結果は……。

ライマンは、そこで目が覚めたように追憶をやめた。今でも、その後の事を考えるだけで、やり場のない怒りが込みあげてくるのだ。思い出したくもない。

知らぬ間に深いため息が漏れた。疲れているのかもしれない、と思った。このところ気苦労が絶えない。

シッペン・アンド・ウェザリル炭鉱、わたしの小さな炭鉱。

一八九三年初頭、ライマンは長年の夢だった炭鉱経営に乗り出した。場所はフィラデルフィア近郊。ライマン自身、何度も地質調査に訪れて、地の底まで知り抜いていた。自分の庭のようなものである。だから自信があった。あらゆる伝《つて》を頼り資金を集め、惜しげもなく投入したのである。見積もり通りに利益が上がれば、すぐに回収できると思っていた。まさか、そのわずか一か月後、アメリカが未曽有の経済恐慌に襲われるとも知らずに。

新規事業に乗り出した喜びも束《つか》の間、ライマンは莫大な借金を背負ってしまったのである。

見通しが甘かったと言われれば、それまでである。鉱山や地質については専門家のはずなのに、炭鉱経営となると、また別の話なのだと思い知った。

それから四年、景気は徐々に回復しているが、ライマンの炭鉱は思うように利益が上がらない。石炭の積み出しは遅々として進まず、負債ばかりが膨れあがっていく。

六十歳を過ぎてまで、金策に走り回ることになろうとは。

気持ちが沈むと、過ぎ去った嫌なことばかりが数珠《じゅず》つなぎに浮かんでくるものだ。唐突に常を見たような気がしたのも、そんな思考の連鎖のいたずらだったのかもしれない、そうライマンは自分を納得させた。

一人きりの家の中は、外よりも更に寒く感じられた。部屋着に着替え、軽い食事を取ることにした。作り置きの鍋の中には、インドで覚えたカレー料理、もちろん肉は使っていない。

ライマンは仕事柄、山奥に入ることが多い。若い頃、調査で不便な土地に滞在し、食事に不自由したことがあった。肉が手に入らず、パンとミルクと野菜ばかりで過ごしたところ、不思議と体調が良かった。それ以来、菜食一辺倒である。日本にいたとき、料理屋に連れていかれて血の滴《したた》るようなステーキを出されそうになり、「わたしは精進《しょうじん》で」と断ったら、たいそう驚かれたことがある。

カレーは季節の野菜を入れて煮込むだけ、簡単で栄養価も高い。来客に振る舞うこともある、ライマンの得意料理の一つだった。

カレーを食べると人心地がついたので、部屋着のまま、隣室の事務所に移動した。事務所の中も冷え切っていた。冬の名残りが、部屋のここかしこにうずくまっているようだった。

大きな鉄のストーブに張り付いて、しばし窓の外に目をやると、街灯が夜の底に白く浮かんでいる。

あれは、本当に見間違いだったのか……。

いかん、とライマンは目を閉じた。今夜のわたしはどうかしている。二十年も前の束《つか》の間の思慕にとらわれて、今更何になるだろう。砕けた地盤はすでに均《なら》され、魂を引き裂いた亀裂も元通り、あとかたもなく接《つ》がれた。すべて過ぎ去ったことである。乱れた気持ちに無理やり蓋をし、ライマンは溜まっていた郵便物の整理に没頭した。

憂鬱な作業である。督促状、利子の催促、炭鉱リースの断り状、資金提供の辞退など、よくない知らせばかり、見ているだけで気が滅入《めい》る。そのくせ、しばらく前、ニューヨークのエドワード伯父に新たな借金を申し入れた、その返事はまだ来ないのである。

いい加減投げ出したくなったとき、ライマンはふと手を止めた。事務的なレターに交じって、私信らしい、手書きの宛名書きが目に留まったのだ。

妙に殺風景な封筒だと思った。よく見ると、差出人の名前が書かれていない。裏にも表にも、どこにもない。

書き忘れたのだろうか。

得体の知れない胸騒ぎを覚えつつ封を切ると、流れるような日本語の書体がこぼれ出た。外国人にも容易に読めるようにという心遣いか、仮名がふられている。

「……突然、お手紙をお出しする非礼をお許しくださいませ。私は昔々、日本であなた様にお世話になったことのある女でございます。この度は、御恩返しのせめてものおしるしに、些少《さしょう》ではございますが金子《きんす》を差し上げたく、図々しくお手紙を差し上げました。ぜひお受け取りいただきたくお願い申し上げます。代理の者が近く先生をお訪ねいたしまして、五千ドルばかりお渡ししたく存じます。お役立ていただきますれば……」

五千ドルだと？

胸騒ぎは困惑に変わっていた。

何度か手紙を読み返した。やはり差出人の名前はどこにも記されていない。筆跡に見覚えもない。心当たりはなかった。

文末に署名もない。ただ、かすれた筆文字で、アルファベットのT、とのみ記されている。名前の頭文字だろうか。

それにしても不可解である。昔々の恩に報いたいという気持ちはわかる。だがどうして名前を伏せることがあるだろう。よほど名乗りたくないわけでもあるのか。

まさか、おつねさん……。

ふいに、ついさっき街灯に照らし出された白い横顔が目に浮かび、ライマンは慌てて打ち消した。

今夜のわたしは、どうかしている。

それにしても、妙なことばかり起こる夜である。

ライマンは、呆然《ほうぜん》と肘掛け椅子に腰を下ろした。そして、雑然とした机の上に封書を放り投げた。仕事など、もう手につかない。一通の白い封筒が、ライマンの確固とした日常に、細く鋭い破目《やぶれめ》を入れたかのようだった。

こんな怪しげな申し出を受けられるはずがない。

とはいえ、机の上に放られた手紙からは、気味の悪さと同時に妙な華やぎが漂ってくるのだった。その後ろめたいような華やぎに、ともすると魅入られてしまいそうな自分があさましく思え、ライマンは顔をそむけた。

事務所の壁一面に、北海道の地質図や漢字で書かれた掛け軸、それに日本の写真がかかっている。そしていたるところに、日本から持ち帰った茶釜や火鉢など、ありとあらゆる品物が所狭しと並んでいる。そんなものを眺めていると、否応無しに、つい今しがた打ち切った甘酸っぱい追憶へと、再び引きずり込まれてしまうのだ。

アメリカ人の間でも、日本趣味は好まれたが、ライマンの日本贔屓《びいき》は群を抜いていた。

ライマンは日本が好きだった。彼《か》の地に暮らした日々を思うと、温かなものが込みあげてくる。だが、日本を懐かしめば懐かしむほど、温かな感情の中に、じわりとひとしずくの怒りが滲《にじ》みだす。

一年目は良かった。最高だったと言っていい。

アメリカで仮契約を結んだ相手は、森有礼《もりありのり》在米少弁務使。明治維新の覇者である薩《さつ》摩《ま》藩出身の彼は、まだ二十代半ばの聡明な若者で、ライマンは好感を持った。

東京で迎えた黒田清隆《くろだきよたか》開拓長官も、やはり薩摩藩出身で三十そこそこ。頭が切れて実に感じの良い、頼りになる人物だった。現場はすべて任せる、やりたいようにやっていいという。そして破格の報酬。開拓顧問のホーレス・ケプロン将軍を交えた打ち合わせは、和気あいあいとして、満足のいくものだった。

だがいつからだろう。少しずつ歯車が狂い始めたのは。

少しでも仕事がやりやすくなるように、よかれと思って、ライマンは開拓使に進言することを厭《いと》わなかった。むしろそれが文明国から来た自分の役割だと思った。だが、その行為が役人たちには我慢がならなかったらしい。

あるとき地質調査の現場から、通訳掛《がかり》の吏員《りいん》を外し、札幌《さっぽろ》へ戻した。ライマンは日本語がわかるようになっていたから、通訳は無駄な人員だと判断したのである。ところが、戻した通訳は、間もなくライマンのもとに返されてきた。必要であるかどうかは問題でない、判断するのはライマンではなく、開拓使だというのである。調査隊の監督権はお雇い外国人にではなく日本側にある、人事に口を出すな、というわけだ。一事が万事、その調子だった。

ライマンも黙ってはいなかった。いくらお雇い外国人とはいえ、現場では、鉱山士長であるライマンが親方である。すべての指揮をとり、その代わりすべての責を負う、その覚悟で仕事を請け負うのである。札幌の開拓使庁から発せられる、現場を知らない吏員の命令に唯々諾々《いいだくだく》と従うことなどできなかった。筋を通し、合理的に仕事を進める、それだけのことである。わからなければ教えてやろう、文明国の常識を。それも自分の任務だと信じていた。

だが、その後もライマンの進言はことごとく無視され、覆《くつがえ》された。そればかりか、見せしめのために、手足のような部下を奪われ、仕事に支障をきたすまでになった。挙句に、ライマン自身が調査の現場を追われ、測量事業に従事させられるはめになる。屈辱だった。

開拓使の仕打ちは、まるで子どもの喧嘩である。だがそれが日本の役人のやり方だった。

そして、あの事があった。

ライマンは、正当な手続きを踏んで、広瀬常を娶りたい旨、開拓使に届けを出した。だが、いつまでたっても返答がない。それもそのはず、結婚申し込み願は、官吏の手により握りつぶされてしまっていたのである。

妨害に気がついたライマンは、黒田に書面で抗議したが、のらりくらりとかわされた。役人どもとの無為《むい》なやり取りに疲弊し続けたある日、ライマンは突如、知らせを受けた。常が結婚式を挙げたのだ。ライマンが願を上げてから、わずか半年後のことだった。

相手は、帰国して上級官吏となった元米国公使、森有礼、ライマンがアメリカで仮契約を結んだ相手、その人だったのである。黒田が、同じ薩摩藩出身の森と常との結婚話が進んでいることを、知らなかったはずはない。

日本人たちは、はじめから、彼女をお雇い外国人になど嫁がせるつもりはなかったのである。

翌日、ライマンは落ち着かない気分で隣家をたずねた。

隣家は下宿屋で、日本人の留学生やビジネスマンが何人か部屋を借りている。普段から親しく行き来していた。

ライマンの日本贔屓は有名で、来客も多かった。日本関係の講演会や会合にもしばしば呼ばれる。フィラデルフィアの日本人社会では、ちょっとした顔役だったのである。

胸の内ポケットには、ゆうべの不審な手紙が入っている。

あまりに突飛な内容なので、あるいは自分が読み間違いをしているかもしれない、とライマンは訝《いぶか》しんだ。日本人の助けを借りて、書かれていることを正確に知りたいと思った。

訪《おとな》いをいれると、下宿屋のおかみであるミセス・スコットが、不機嫌そうな顔を突き出した。いかつい男顔のミセス・スコットは、あまり愛想のいいほうではない。

無表情に押し黙ったまま、ライマンを中へ招き入れた。

食堂では、見慣れない日本人の男が一人、うつむいて、隅っこの固そうな木の椅子に縮こまっていた。薄汚れてみすぼらしい若い男である。

「なんか用かね、先生」

ミセス・スコットがぶっきら棒に聞いた。

「タナカかキムラはいるかね」

「二人とも、朝早く出かけたよ、全く、どうしようてンだろ、あの人たちときたら」

ミセス・スコットは苛立《いらだ》たしげにつぶやくと、食堂の日本人をちらりと見た。

「どうしたのかね、あの日本人は」

ライマンが聞くと、ミセス・スコットは、溜まっていた苛立ちをぶつけるように一気にまくしたてた。

「それがね、先生、聞いとくれよ。ほら、あそこにいる日本人、宿無しらしいんだよ。それで、ここの日本人たちを頼ってきたんだね。ところがタナカもキムラも、用事があるからって、あの人を放り出したまま、さっさと出かけちまったんだよ」

「それは困ったな」

「タナカは、今は忙しいから、またあとで、なんて言って、のんきなもんだ」

「あの日本人は英語を話すのかね」

「それがねえ、からっきし駄目なんだ」

ミセス・スコットは、お手上げだ、とばかりに逞《たくま》しい肩をすくめた。

ライマンは、日本人に近づくとゆっくりと話しかけた。

「ワタシ、ニホンゴワカリマス。アナタ、オナマエハ」

日本人の男は、びっくりしたように目を大きく見開いた。そしておどおどと答えた。

「マツキチ、です」

「タナカサン、キムラサン、トモダチデスカ」

「とんでもねえ。ここさ日本人が住んでいるって聞いて、おら、来ただ」

訛《なま》りのきつい早口の言葉に閉口したが、行きつ戻りつの問答の末、大体の事情が呑みこめた。

マツキチは十八だった。儲《もう》け話につられて友人たちと共に半年前にアメリカに渡った。ニューヨークの貿易会社で下働きをしていたが、会社がつぶれて、仲間たちとも散り散りになった。フィラデルフィアに住む知人を頼って来てみたら、引っ越してしまって会うことができず、途方に暮れていたところ、在住日本人の噂を聞きつけ、ここまで来たのだという。

浮浪者同然の身なりから、道中の難儀がしのばれる。だが話を聞くと、頭は悪くないし、気性もまともだ。ただし日本人とばかり接していたらしく、英語は簡単な会話程度しかできない。

ライマンがミセス・スコットに事情を伝えると、彼女は、

「なんてこった」

と言ったきり、黙ってしまった。険しい表情である。ライマンは、女主人をなだめようと続けた。

「奥さん、彼は可哀想な子どもです。とにかくタナカとキムラが帰るまで、この子を置いていただけませんか」

「ええ、そりゃあ、まあ、ね……」

ミセス・スコットは口ごもった。

「その後の事は、彼らと相談します。ご迷惑でしょうが」

「いえ、あたしゃ、いいんだけどね……」

彼女は、まだ何か迷っているような口振りだった。眉をひそめている。

わずかな沈黙が流れた。女主人が用意したのだろう、日本人の前に置かれたカップから、紅茶のいい香りがした。

「あのねえ、先生」

ミセス・スコットが、思い切ったように切り出した。

「はい」

「あの日本人だけど、しばらくの間、うちで預かっても構わないよ。なあに、ことによっちゃ、うちの食堂で使ってやったっていい。日本人は真面目だからね」

言葉は乱暴だったが、親身な申し出だった。彼女なりに熟考したのだろう。

ライマンは、彼女が毎年クリスマスに、孤児院の子どもたちを家に招待していたことを思い出した。下宿人が病気の時は、甲斐甲斐《かいがい》しく世話を焼いていた。物腰はがさつだが、心根の優しい女なのである。

ライマンは、ミセス・スコットの怒ったような男顔をじっと見つめて言った。

「ありがとうございます、ミセス・スコット。ご親切にどうも」

「いいって、いいって。困った時はお互い様だよ」

「わたしもできるだけ力になります。この寒空に、彼を裸で放り出すわけにはいきませんからね。とにかく、ありがとう。あなたは実にすばらしい」

ミセス・スコットは、ばつが悪そうに顔を赤らめた。

「ところで先生、先生は、日本人に何の用があったんだい」

「いや、いいんだ、たいした用事ではない。また今度にします」

ライマンは慌てて誤魔化した。忘れかけていた胸の内ポケットの手紙が、ずんと重さを増したような気がした。

隣家の日本人に相談しようかという思いつきは失《う》せていた。冷静に考えてみると、いささかデリケートな内容の書簡である。軽々しく人目に触れさせるべきではないと思った。

用事を済ませてからまた寄ることを約束し、ライマンはミセス・スコットの下宿を後にした。これから、憂鬱な金策に回らねばならない。

吹きつける風が冷たい。空は厚い雲に閉ざされて、雪でも降りそうである。今年は、春の訪れがとりわけ遅いような気がする。

この分では、プラムの花はまだまだ先だな。

アメリカに咲くプラムの花は日本の桜によく似ていた。こぼれるような白い花が満開になると、ライマンはいつも春爛漫《らんまん》の日本の景色を思い出す。そして、もう一度日本を訪れたい、花見の季節にいつの日かきっと、そう強く思うのだ。

冬のような寒さが続くせいもあって、シッペン・アンド・ウェザリル炭鉱の採掘量は相変わらず増えない。採掘量が増えなければ、経営に力を貸そうという者も手を引き、炭鉱経営はますます行き詰まっていく。もうお手上げだった。

いくつかの負債は返済期限が目の前に迫っている。ライマンは内心、じりじりしていた。

五千ドルか。

胸ポケットの手紙が、また少し重みを増した。

いったいどんな素性の女だろうか。

得体の知れない金を受け取るいわれはない。けれどライマンは、自分の気持ちがまだ見ぬ女へと少しずつ傾いていくのを否定できなかった。女文字の手紙は、陰画の花のように怪しい魅力を醸しだしている。あさましいと思いつつ、寄りかかろうとする心を抑えきれない。

日が傾きかけた頃、ライマンは疲れた足を引きずって、隣家をのぞいた。

マツキチは食堂の固い椅子に丸くなって、本を読んでいた。一心不乱に、ぶつぶつと声を出している。

「ナニヲ、ヨンデマスカ」

ライマンが話しかけると、彼は一瞬、驚いて飛び上がったが、おずおずと本を見せた。それは、日本語で書かれた英語の習得本だった。

「アナタ、セイガデマスネ」

「へへへ、旦那、日本語が達者だのう」

マツキチは歯を剝《む》きだし笑顔を見せた。ライマンのよく知る、日本人らしい屈託のない笑顔だった。

小一時間ほど、一緒に座って勉強を見てやった。覚えは悪くない。

「アナタ、キチントベンキョウ、スルガヨイ」

「へい、ありがとうございます」

パンと紅茶のいい香りをさせて、ミセス・スコットがキッチンから出てきた。

「先生、お紅茶をどうぞ。さあ、あんたもおあがり。おや、あんたちょっと、臭うね。いつからシャワーを浴びていないんだね？　あんたね、とにかく、シャワーだ。わかるかい？　シャ、ワー。でなきゃ、うちには置けないよ。清潔にしてくれりゃ、いつまでだっていてくれて構わない。その代わり、働いてもらうよ。どうだい」

つけつけとまくしたてるミセス・スコットの言葉を、マツキチは半分も理解していないようだった。

ミセス・スコットからの申し出を日本語で伝えてやると、マツキチは無邪気な笑顔で応えた。ライマンもつられて笑った。ミセス・スコットまで、いかつい男顔を奇妙に歪め、目尻を下げた。

ライマンは、日本で出会った弟子たちのことを思った。今は皆立派になった弟子たちが若かった頃のことを。

「キバラシニ、ウチニイラッシャイ」

紅茶を飲み干して、ライマンはマツキチを誘った。

事務所に足を踏み入れるなり、マツキチは声をあげた。

「なんじゃ、こりゃ。旦那、まるで日本のお殿様のお屋敷みたいでねえか」

ライマンは、マツキチの大仰《おおぎょう》な賛辞に苦笑した。雑然とした日本趣味の骨董が、宝物の山にでも見えたのだろう。それだけマツキチの生まれ育ちが貧しいのかもしれない、とライマンは思った。

「あんれまあ、これ、北海道でないかい」

マツキチは、壁に飾られた北海道地質図をしげしげと見ていた。

「ホッカイドウ、ハイ、シゴトデ、イキマシタ」

「へえ、おったまげたなあ。おらは北海道の生まれさ」

今度はライマンが、マツキチを見返す番だった。

「ホッカイドウ、ドコデスカ。サッポロ？」

「いやいや、おらとこは、泊村《とまり》だ」

「トマリ……」

「小樽《おたる》のもっと西の、海沿いの漁師町だ。うちは漁師だけんど、不漁の年に、茅沼《かやぬま》で石炭掘ってたこともあるだよ。ええと、せ、き、た、ん、旦那、わかるかねえ」

ライマンは思わず笑いだした。茅沼は北海道でも古い炭鉱である。ライマンも調査に入り、地質図を作った。測量もし、積み出し経路の献言もしたのだ。奇遇である。

「ワカリマス。カヤヌマ、セキタンチョウサシマシタ。トマリムラ、シブイ、ホリカップ、ミナト、チョウサシマシタ」

周辺の地名を並べると、マツキチはますます顔をほころばせた。

「たまげたな、旦那、炭鉱やってたのかい。そういや、茅沼は異人さんが出入りしていたなあ」

「トウキョウニ、オリマシタトキ、ホッカイドウノチズト、カヤヌマノ、コウザンサイクツズヲ、コウゴウヘイカニ、オメニカケ、ゴセツメイモウシアゲマシタ」

「ほんとかい、全くたまげたね。皇后陛下にお目通りをしたってかい。旦那、偉いんだな。どうだい、近くでお目にかかると、皇后陛下は、きれいかね」

「ハイ、キレイデシタ」

「ふうん」

マツキチは、心底感心したように腕を組み、嘆息した。

「フィラデルフィアくんだりまで来て、異人さんから、泊村の名を聞くとはねえ、世間は狭いや」

「ワタシモ、オドロキマス。ホッカイドウハ、ナツカシイ。ヤマガケワシクテ、タイヘンデス。ウミガキレイデス」

「んだ、んだ。懐かしいな。泊の海はきれいだ。岩礁《がんしよう》が点々としていてな、いろんな変わった形があるだよ。大きい熊の形の岩だとか、小さいのは子熊、細長いローソク岩や、耳の長いウサギ岩。子どもの頃は日暮れどきになると、海辺に座ってな、いつまでも海を眺めていても飽きなかったもんだ。海の色がだんだんと変わっていくのが、面白くてな」

ライマンは、マツキチが夢中で語る泊村周辺の景色を思い出した。

岩礁がちの海岸線は、桃源郷のごとく美しいが、石炭積み出しの港には不向きだった。明治政府が茅沼炭鉱から幌内《ほろない》炭鉱へと軸足を移したのは、輸送の問題があったせいだ。

「炭鉱ができて、鉄道も敷かれてな。世の中も変わったもんだ。泊も茅沼も変わっただども、海は変わらねえもな」

ライマンは北海道での日々を思った。

資源の宝庫、そして自然の美しい島だった。

地層を探り、大地の声を聞き、あの島のなんたるかを明らかにしようと、ライマンは一心不乱に歩き回ったのだった。助手たちと共に。懐かしかった。

「旦那、すげえなあ。こっだら仕事をなさっただか。すげえなあ」

マツキチと一緒に北海道の地層図を見上げていると、ライマンの胸に、忘れていた誇らしさが込み上げてきた。

ライマンは、三年にわたって踏破した北海道の姿を、今もありありと思い出す。

ことに神居古潭《かむいこたん》は素晴らしかった。急流に洗われる巨石はペンシルベニア産大理石にも全く引けを取らない。川の流れは激しく、人を寄せ付けない、まさに神の居る渕《ふち》。雲が切れたとき眼下に広がる上川《かみかわ》盆地は、あたかも東洋のカシミール、楽園そのものの美しさだった。この風景にこそ、百万ドルの価値があると感じた。

上川に天皇陛下をお迎えすべきだ、とライマンは力説したものである。神居古潭の奇石を利用し、上川離宮を建てればよいのに、と心から思い、進言もしたが、開拓使の吏員は聞き流したのだろう。

北海道を歩けば歩くほど魅了された。幾重《いくえ》にも折り重なる命の層が、ライマンの足の下で息づいていた。宝の島だ、とライマンは感激したものである。

あの島で命の層に触れながら、彼ら……弟子たちは一人前に育ったのだ。

居間の壁には、日本で撮った写真がかかっている。帰国間際に、東京麴町平河町《こうじまちひらかわちょう》の自邸で、弟子たちと一緒に写したものである。

島田《しまだ》、山内《やまうち》、山際《やまぎわ》、稲垣《いながき》、前田《まえだ》、西山《にしやま》、桑田《くわた》、杉浦《すぎうら》、安達《あだち》。九人の弟子たちがライマンを囲んで羽織袴で正装している。背景に鎮座するのは、奥地で苦楽を共にした三本脚の測量器械、トランシット。皆少し気取っていて、キャメラを見つめている表情が微笑《ほほえ》ましい。誰もが若かった。

一八七三年（明治六年）の第一回北海道地質調査のとき、ライマンの弟子である助手たちは、トランシットの使用方法どころか、ごく初歩的な測量術も知らなかった。調査はまず密林に分け入り、生い茂る原生林を切り拓くことから始まった。斧《おの》やのこぎりを振るいながら、崖を上り沢を下った。うだるような暑さの夏は毒虫に悩まされ、突如訪れる北国の冬の寒さに凍《こご》え、咆哮《ほうこう》する獣におびえた。測量、測定、レッスン、移動と、休む間もなくテント生活は続く。頼りは地元のアイヌたち。調査団は文字通り、開拓者だった。

ヤングメン、実に彼らは素晴らしかった。

弟子たちのことを思うと、ライマンは自然に頬が緩む。

一年目に素人《しろうと》同然だった助手たちは、北海道の過酷な実地調査に鍛えられ、めきめきと腕を上げた。わずかな間に、地質調査になくてはならない、頼もしい鉱山士に育った。豊潤な大地の息吹から、彼らはあらゆる知識を吸収したのである。ライマンのきめ細かな指導の効果もさることながら、彼らには素養があった。開拓使仮学校で選抜された秀才たちは、勤勉で誠実なエリートだったのである。旧幕時代から明治へと移り変わる時代の波に翻弄されつつも、学問を大切にする文化が日本には生き残っていた。刀を捨てた彼らにとって、むしろ学問が新しい武器だったのかもしれない。

写真には写っていないが、坂《ばん》、賀田《かだ》、秋山《あきやま》もよくやった。そして、三沢《みさわ》。三沢のことを思うと、ライマンの胸は今でも張り裂けそうになる。才人だった。誰よりも緻密な図面を引く、繊細な心の持ち主だった三沢は、北海道地質調査の途中で病を発し、短い生涯を閉じたのだ。

弟子たちとは文通が続いている。賀田は十五年ほど前、安達も十年ほど前アメリカに来て、しばらくライマン邸に滞在していた。それぞれペンシルベニア地質調査に参加して、技術を磨いて帰国した。

開拓使との関係がこじれた後、ライマンは内務省へ、次いで工部省へ籍を移した。北海道を離れ、本州の地質調査に乗り出したのだ。もちろん彼が育てた助手たちも一緒にと、ライマンは役人にかけあって受け入れられた。

彼らがいなくては仕事にならんからな。

新潟や長野の油田調査をはじめ、日本全土の地質図を作るべく、ライマンは助手たちと共に、東北から九州まであまねく調査を開始した。

日本全国地質調査、それは日本で初めての大規模な事業だ。ライマンや助手たちのライフワークになるはずだった。

だが終わりはふいにやってきたのだ。

ライマンの誰憚《はばか》ることのない直言が、ここでも物議を醸した。

ライマンは、調査結果に従って、ごく当たり前の進言をする。ところがお役人は、そのアドバイスを生かさない。

様々なデータを鑑《かんが》みて、開発に値しない、と進言した油田を、政府がいつの間にか掘削《くっさく》し始めていたことがある。しかも、ライマンには一言の相談もなく。なんのための調査なのか、とねじこんでも、誰もが責任を擦《なす》り付け合い、なあなあになる。官僚体質は開拓使も中央も同じであった。

工部省との関係が次第に険悪になってきたあるとき、ライマンは、弟子の一人から、近々日本地質調査所が設立されるらしいと聞いた。日本全国の地質調査をすべて請け負う、その事業の責任者は、ドイツ人、エドムント・ナウマン、ミュンヘン大学を出たばかりの気鋭の二十四歳だというのだ。

言うまでもなく、日本全国地質調査は、ライマンが手掛けている事業である。その仕事を受け継ぐべきなのは、経験と知識のあるライマンの弟子たちであるはずだった。外国人の助けなど、もう必要ないほど、彼らは成長しているのだ。

また不意打ちを食らったか。

聞くところによると、「ライマンは学者に非《あら》ず、その調査方法は実地を重視するあまり、学術的に不十分である」というような趣旨の悪評が広まっているという。要するに、国家的事業である地質調査を任せるには不適格だというのである。

ライマンは、今まであげた成果がすべて否定されたような気がした。

わたしは地質鉱山士だ。山に入って、何が悪い。

北海道での調査は、短期間で成果をあげることが期待されていた。炭山や油田の可能性を探ることが最優先だったのである。詳細な学術的調査は、後回しにせざるをえなかった。とはいえ、できることは十分にやったという自負がある。手を抜いたことなど一度もない。病を得ても、落馬して起き上がれなくても、鉛筆を握って昼夜机にかじりついた。たった一本の正確な線を引くために、ライマンと弟子たちは泥だらけになって、何日も何日も大地と格闘し続けたのだ。

デマは、ライマンと弟子たちの名誉を傷つける悪意に満ちていた。知ってか知らずか、動き出した日本政府の政策は止まらない。

老兵は去るのみ。

ライマンは、満期を待って帰国、弟子たちは離散した。

ライマンが解き明かそうとしていた、日本の地層に秘められた深遠なミステリーは、ドイツ人と大学出の新しい秀才たちの手に委《ゆだ》ねられた。

だが、わたしの弟子たちは、それでくじけるほどヤワではない。彼らには、北海道でつちかった、堅固で深層な知識と経験があるのだから。

日本からは、折に触れ、皆がそれぞれの近況を知らせてくる。

一時《いっとき》は干されたかに見えたライマンの弟子たちだったが、やがて次々に活躍の場を与えられるようになった。政府も認めざるを得なかったのだろう。当時の日本を見渡しても、彼らほど能力のある鉱山士はほとんどいなかったのである。

ある者は民間に下り、またある者は鉱山主として、彼らは今も日本の各地で、大地の息吹に耳を澄ましている。

そういえば、近頃弟子たちから便りがない。

忙しいのだろう、彼らも。

弟子たちをこの上なく誇らしく思うのと同時に、ライマンは少し寂しかった。

翌日、隣家の前を通りかかると、マツキチが玄関脇の植木鉢に水をやっていた。

「おはようございます、先生」

マツキチはライマンと目が合うと、屈託のない笑顔を見せた。こざっぱりとした身なりで、髪も撫でつけている。

「アナタ、トテモ、サッパリシマシタ」

「へえ、こちらの奥さんのおかげで」

マツキチは、まるで子どもが晴れ着を誂《あつら》えてもらったときのように、照れくさそうに洗いたてのシャツとズボンを撫でてみせた。

「あら、ライマン先生、お出かけかね。いつまでも寒いね」

いつのまにかミセス・スコットが箒《ほうき》を持って立っている。近づいてきて、マツキチから如雨露《じょうろ》を奪うと、じゃぶじゃぶと植木鉢に水をかけた。

「この寒さじゃ、花は遅いね」

がさつそうな見かけによらず、ミセス・スコットは花が好きで、まめに手をかけている。

「プラムの花もまだだろう」

独り言のようなライマンのつぶやきを、ミセス・スコットは聞き逃さなかった。

「プラムなんて、まだまだ。なんだい先生、ジャムでも作ろうってのかい」

「いや、プラムの花が好きなんです。白いきれいな花が……」

ふと常の幻が脳裏をかすめた。同時に、なぜか例の匿名の封書のことが、指に刺さった小さな棘《とげ》のようにちくりと思い出された。


マッキチは、ミセス・スコットの厚意で下宿屋に滞在することになった。その代わり雑用を引き受ける。ライマンが見たところ、マツキチは骨惜しみすることなく、きびきびと働いていた。

ライマンはなるべく都合をつけて、マツキチに英語のレッスンをほどこした。ゆくゆくは数学も教えてやるつもりである。マツキチがライマン宅に来るときは、得意のカレー料理を振る舞った。日本人の青年は初めての味に目を白黒させながら、それでも喜んで食べた。

一週間ばかり過ぎたある日、下宿屋を訪ねると、ミセス・スコットが一人で憤慨していた。マツキチはいなかった。

「マツキチはどうしたかね」

「出かけたよ。散歩じゃないかね」

「そうか」

「それより、ちょっと聞いておくれよ、先生」

「どうしたのだね」

「日本人のタナカとキムラがね、なんなんだろ、あの人たち」

「何かありましたか」

「マツキチのことですよ。同じ日本人が困っているってのに、この一週間、タナカもキムラも知らんぷりなんだ。それどころか、卑《いや》しいものでも見るような顔でマツキチを避けるのさ、いったい何様のつもりだろう。実はさっき、あの人たちに、ちょっときつく言ったんだよ。同国人なんだから、もう少し面倒見てやったって、罰は当たらないんじゃないか、って。ところが、キムラとタナカ、笑い出しやがった」

「笑ったかね」

「ええ、あたしの考え方が古いと言わんばかりさ。だからあたしゃ、言ってやったんだ。日本人てのは、そんなに薄情なのかい。ライマン先生を見てごらんよ、ってね。そしたら、あの人たち、なんて言ったと思います？」

「なんと言ったかね」

「わたしたちは、人の面倒をみるほど暇でも金持ちでもない、ってね」

「ほほう、わたしが金持ちかね」

皮肉な笑いが込み上げてきた。

確かに日本では破格の給金を受け取っていた。帰国してからも高給取りだった。それだけの仕事はしてきたつもりだ。だが今は、故郷の家作も手放し、借金の利息を払うだけで精一杯、日々金策に頭を悩ませている。実のところ、人の世話どころではない。

ミセス・スコットは、鼻息荒く続けた。

「あたしゃ、なんだかむかむかしてね、とうとう怒鳴りつけてやったさ。人助けに金も暇も関係ない、ただ、ここの問題さ、ってね」

ミセス・スコットは、ここの問題、と強く繰り返し、その逞しい拳で豊かに盛り上がった自身の胸のあたりを、どん、と叩いてみせた。

ココロイキ、という日本語が、ふと浮かんだ。

だが、もっとふさわしい言葉があるではないか。

「武士道、ですな」

「そうさ、武士道。近頃の日本人は、武士道を忘れているんじゃないのかい」

「アメリカのせいですかな」

「アメリカにだって、いい人はたくさんいるだろうけど、アメリカの拝金主義が悪いんだよ。みんな、金持ちが偉いと勘違いしている」

「奥さん、あんたこそ武士のかがみですよ」

「あたしが武士だって？　あはは、それじゃ、ハラキリしなくちゃね！」

ミセス・スコットは、豪快に刀を振り回す真似をした。

ライマンの鬱屈は、いつの間にか吹き飛ばされていた。

近頃の若い者は、薄情なものだな。

素朴で親切で思いやりがあって、決して見返りを求めない、それがライマンの知る日本人の気質のはずだった。プロテスタンティズムの助けを借りず、そんなことができる日本民族の気質には見習うべきものがある、そう思ってきた。

日本では役人たちとずいぶんとやりあったものだが、庶民や学生に対しては、ライマンはいつも味方である。

フィラデルフィアにも日本人会があって、以前はよく、ライマン宅で会合をした。異国で人種差別や貧困に苦しむ留学生やビジネスマンたちにとって、ライマン宅は、日本の親戚の家にでも帰ったような安らぎに満ちていた。日本人は皆貧乏だったが、新興国の常で、留学生は皆理想に燃えていた。たった一杯のワインを大切に飲みながら熱い議論を戦わせたものだ。

それが、ここ数年で少し変わってきたようである。

新しく組織された日本人クラブは会員制で、高額な会費を集めるようになった。新会員からは百ドル以上もの費用を徴収し、日本の戦艦の進水式に銀杯を贈るらしいと聞いている。

日本の若者たちも立派になった、近代化とはそういうものだ。そうわかってはいても、ライマンは寂しかった。奥ゆかしく気取らない若者たちが懐かしかった。

ライマンは時々思うことがある。自分たちの国アメリカが、日本を堕落させたのではないか、そんな一種の罪悪感を覚えることがある。

戦争のせいだろうか。

日本人は素直で素朴だ。それだけに、勝者の驕《おご》りがあからさまであるように思える。日清戦争の勝利を機に、日本は文明国へと邁進《まいしん》していた。軍備をますます増強しているという。清国、朝鮮を足もとに、かつて教えを請うた欧米に肩を並べようとしている。

だが戦争で日本に益はない。英国やロシアのような、外野ばかりが利益を得るのだ。三国干渉の経緯を見ても明らかである。日本も清国も朝鮮も、ライマンにとっては同じように美しい憧れの東洋なのだというのに。

戦に血道を上げるなど愚行である。小国ニッポンは内需拡大を旨とし、経済大国を目指すべし、そんなふうにライマンが主張すると、日本人は総じて嫌な顔をした。彼らにとって、その主張こそが、欧米人の驕りに思えたのかもしれない。

ライマンにとって、日本という国は「眠れる森の美女」だった。

森の中で百年の間、文明を知らずに昏々《こんこん》と眠り続けた美しき女。深い森に分け入り、文明のなたを振るい、姫を目覚めさせたのが、米国という王子である。王女と王子は手をたずさえて、森と泉の美しい国を栄えさせていくはずだった。

目覚めた姫は、急速に大人びて、戦好きのアマゾネスに変わってしまったのだろうか。

ライマンの作った地質図をもとに炭鉱が開かれていく。石炭が掘り出されて、エネルギーとして日本を支える、そう思っていた。だがそうしてできたエネルギーが戦いの原動力になっていることが、ライマンは悲しかった。

歴史の声を聞き、日本をよりよい国へと導くために、ライマンは地層を探り、大地の命のしずくである資源を掘り当てたというのに、その地層を踏み荒らして、人は殺し合いをする。本末転倒だとライマンは思う。その愚かさに憤りを覚える。

政治家や役人たちには、結局わかりはしないのだ。地層に眠る命のかけらが、どれほど尊いか。浪費することの罪がどれほど重いのか、わかろうともしないのだ。儲かるか儲からないか、金に換算する癖がついてしまっているのだ。

だからライマンは盲従することを嫌った。契約はしても、自分の仕事は自分の裁量で行うことを好んだ。

開拓使だろうが、日本政府だろうが、言いなりにはならない。いくら金を積まれても、誇りは売らない。頑固と言われようが、正しいと思えば決して譲らなかった。後悔はしていない。とどのつまり、ライマンは、ライマンなのだった。それ以外の生き方など、できやしなかったのだから。

常との結婚が成就しなかったのは、やり方も悪かったのだと今は思う。お雇い外国人仲間のエドウィン・ダンやジョン・ミルンのように、困難に負けず日本の娘を娶った例もある。

ライマンの帰国後、しばらくして、森有礼は、突如、常を離縁したという。理由は不明である。間もなく森は再婚した。後妻には岩倉具視《いわくらともみ》の令嬢、寛子《ひろこ》をもらった。野心家の森らしい縁組である。出世の伏線は盤石《ばんじゃく》と噂された。

本邦初の契約結婚ともてはやされ、福沢諭吉《ふくざわゆきち》を立会人に、華やかに挙げられた森と常との結婚式は忘れ去られた。

だが森は、再婚後わずか一年余りで、凶刃《きょうじん》に倒れたのである。まだ四十三歳だった。

常のその後はわからない。ゴシップまがいの噂はいくらもあったけれど、ライマンは知ろうとしなかった。

時折、ふと夢想することがある。

もしもライマンが、常を娶っていたとしたら。

今でも二人は、東京麴町平河町の広い家に住んでいただろうか。二人とも年を取り、子どもは巣立って。かつての助手たちが始終訪ねてくる。先生、奥様、ごきげんよう、と昔と変わらず賑やかな笑い声を上げて。常とライマンはキモノ姿で彼らを迎えるのだ。フスマを開け放ったザシキで、庭を眺めながら、ライマン特製のカレーを振る舞う。

それとも、常とライマンは、ノーサンプトンのレンガ造りの屋敷で静かに暮らしていたかもしれない。メイドが何人か。庭師に下男。常は薔薇《ばら》の世話をしたがるだろうが、棘が刺さるといけない、と言って、ライマンは彼女に仕事はさせないだろう。庭にそびえる大きな楡《にれ》の木は、夏は色濃い木陰を作り、常の白い肌を日射しから守ったことだろう。

春にはプラムの木の下で、ベントーを広げて花見をする。そして二人で、日本の桜を懐かしむ。またいつか、桜を見に日本に帰ろうか、そう話しあいながら。

もしも、二人が一緒になっていたならば……。

その翌日、朝早くマツキチがライマンを訪ねてきた。

「先生、お忙しいかね」

「ヨクキマシタ、オハイリナサイ」

昨夜は、ちょっと出かけたはずのマツキチの帰りが遅く、会えず仕舞いだったので、心配していたのである。

「ドウシマシタカ」

「へえ、先生、実は、おら、ニューヨークへ戻ることになりました」

「ニューヨーク、ホワイ?」

突然のことに、ライマンは驚いた。

昨日、ニューヨーク時代の同僚がマッキチを捜しあて、会いに来たのだという。新しい仕事が見つかりそうなので、誘いに来たのだ。

マッキチは頰を紅潮させ、嬉しそうだった。

「先生にも、下宿の奥さんにもすっかりお世話になって、おら、心苦しかっただよ。でも、これで自分の食い扶持《ぶち》ぐらい、稼げそうです」

「ヨイ、シゴト、デスカ」

「へえ。また日本人の商売の下働きです。前と似たような仕事なので、心配ないと仲間は言っとりました」

「オオ、サヨウデスカ」

やっと結びかけた糸を突然に断ち切られたような気分だったが、マッキチの顔を見ていると、喜んでやるべきだと思った。

「先生、おら一生懸命働いて、金持ちになって、恩返しに参ります」

ライマンは、マツキチの瞳の奥に若者らしい輝きを見た。だがそれは、ともすれば我欲《がよく》に傾く、野心の炎と紙一重なのだった。

「マツキチ、ヨク、オキキナサイ」

ライマンは、マツキチの目を真っ直ぐに見つめ、嚙んで含めるように言って聞かせた。かつて多くの弟子が、ライマンの背中を見ながらゆっくりと悟ったことを、この青年には限られたこの短い時間で、ぜひ伝えておく必要がある、と思った。

「オンガエシハ、イリマセン。ヨノナカノヤクニタツヨウ、ショウジン、スルガヨイ」

「へい」

マツキチは神妙な面持ちで、ライマンの言うことを聞いていた。

「マジメニハタラクノハ、ヨイ。ダガ、ベンキョウヲツヅケルガ、モットヨイ。ベンキョウヲシナイカネモチハ、オロカナリ」

「へい。肝に銘じます」

「クチヒゲヲ、ハヤシテ、クンショウヲ、モラウノガ、エライワケデハナイ」

「へい」

マツキチは、目に涙を溜めてうなずいた。

一人でも勉強が続けられるよう、ライマンはマツキチにテキストを持たせてやった。

数日後、マツキチは日本人の仲間に伴われ、ニューヨークへ旅立った。


その翌日から、隣家の前を通りかかると、なんとなく物足りない思いがした。

ミセス・スコットの植木鉢の脇で、見捨てられたように転がっている如雨露も、若い相棒を失って張り合いがなさそうである。

その朝、郵便配達人が、税務署からの通知を届けてきた。これ以上、支払いが滞れば法的措置をとる、という厳しい通達であった。

ニューヨークの伯父からは、まだ返事が来ない。新たな借金の申し入れをしてから、ずいぶん時が経っている。

さて、どうしたらよかろう。

如雨露を見下ろし、ライマンは心の中でつぶやいた。

さて、どうしたらようございますことやら。

如雨露も、じっと虚空《こくう》に注ぎ口を向け、考えあぐねているようだった。

その男が戸口に立ったのは、夕刻だった。

口ひげを生やして、仕立てのいい背広を着た日本人の中年男だった。招き入れると、その男は珍しそうに事務所の中を見回し、唐突になまりの強い英語で切り出した。

「ゴウダと申します。あるご婦人の代理で参りました。二週間ほど前になりますが、ご婦人からの書簡をお受け取りでございましょうか。差出人のない、ごくプライベートな」

慇懃《いんぎん》無礼《ぶれい》という印象の商売人らしい口振りだった。どこかから借りてきたような、上滑りの口調である。

ライマンは答えず、ゴウダの次の言葉を待った。

「ええと、その書簡に、先生に些少の金子を差し上げたいと書かれてあったはずですが……日本語でしたが、ご理解いただけましたでしょうか」

「日本語はわかります」

ライマンはそれだけ言うと、また口をつぐんだ。

「では、ご理解いただけましたな。なにせわたしは単なる使いのようなものでして、これをお届けするようにと言われてきたのです」

ゴウダはほっとしたように、口元に笑みを浮かべた。そして胸ポケットから、やにわに小切手を取り出した。

「五千ドル、ご自由にお使いいただきたいと、ご婦人のご厚意でございます……」

「せっかくのご厚意ですが、お断りします」

ゴウダの動きが止まった。ねじ式の人形のようにぴたりと。

「断る、なぜですか」

「受け取るいわれがないように思います」

ゴウダは歯を剝きだして笑った。

「ご安心ください。決して悪い金ではありません。単なる厚意です。匿名の寄付というのは、よくあることでしょう」

「そのご婦人は、いったいどなたなのですか。お聞かせいただけませんか」

「それは……」

ゴウダはしばらく考えているようだった。

「日本のどこでわたしと知り合ったというのでしょう。大金を受け取るような覚えがわたしにはないのです。もしや、何か、罪滅ぼしのような意味合いなのか……」

「いやいや、全くそういうことではない。シンプルな話です。これはご婦人とわたしの約束ですから、名前は申せませんが、その昔、先生が長野で……」

「長野？」

長野と聞いて、ライマンは体から力が抜けるような気がした。長野には地質調査で行ったことがある。

「わたしは詳しいことは存じませんがね、ある村でのことです。先生が、地元の方々に大層良くしてくださったとか……」

ゴウダがつらつらと語る断片を繋《つな》ぎ合わせるうちに、昔、そんなことがあったような気もした。とはいえ古い話である。よく覚えていない。

ライマンが怪訝《けげん》そうに黙っていると、ゴウダはしびれを切らしたように早口で続けた。

「では、仮定の話をしましょう。仮にですよ、あるご婦人の連れ合いが、相場か何かで突如大儲けをした。戦争というのは、しばしばそういう事態を引き起こすわけです。ところがこのご亭主は遊び人で、金を持たせれば家に帰ってこない。ご婦人は連れ合いへの面当《つらあ》てに、無駄遣いをするが、それでも金は入ってくる。そこで思いついたのは、どこでもいいから、あちこちに金をばらまく、というような……」

「ありがたいお話ではございますが、お断りします」

ライマンはすっかりあきれていた。

ゴウダはそれでもまだ食い下がった。

「困ったな。わたしは頼まれたから来ただけです。金をやると言って、断る人がいるとは思わなかった」

「そうでしょうね」

ライマンは冷たく言い放ったが、皮肉は通じなかったようである。

「先生、早い話がこれはあぶく銭です。貰《もら》ったって誰も困らない。ご婦人は、それですかっとするんですから、人助けだと思って」

「そういう金は受け取るわけにはいかない。受け取る理由がないからです」

「それじゃ、投資だと考えていただいても結構なんです」

「受け取れません」

「どうして。どんな金でも、金は金でしょう」

「いわれのない金は受け取れません。申し訳ないが」

金を貰えば縛られる。人というのは、そういうものだ。

亭主への面当てだか何だか知らないが、そんな女の気まぐれに縛られるなど、真っ平だった。

「ゴウダさんとやら、あなたには、わからんでしょうな」

ゴウダはそれでもあきらめないらしく、にやついた顔つきでにじり寄ってきた。

「先生、聞くところによると、お金にお困りだとか。遠慮しなくても」

「申し訳ないが、お帰り下さい。わたしは誰の指図も受けません」

ライマンは怒りを抑えて立ち上がると、事務所の戸を開け放った。ひんやりとした夜気が忍び込んできた。ゴウダはしぶしぶ出ていった。

ゴウダを帰してしまうと、妙に目の前がすっきりとした。今までの迷いが晴れたかのようだった。

金や名誉に縛られることほど、愚かなことはない。

つい数日前、マツキチに言い聞かせたことは、とどのつまり、自分自身に対して念を押したかったことなのだった。

頑なと言われようが、いつだってライマンは筋を通してきた。誰に縛られることもなく、好きなように生きてきたのだ。それで今は借金まみれで、一人ぼっちだが、後悔などない。いくら金に困っていようと、いわれのない金を受け取るほど、落ちぶれはしない。

薄暗くなった事務所の窓から、白い街灯がぽっとともるのが見えた。ライマンは、ふと自分の胸の中で、得体の知れない蕾《つぼみ》が咲きかけて、萎《しお》れるのを感じた。おつねさんではなかったな、あの手紙の主は。

当たり前である。そんなことは、端《はな》からわかっていた。ライマンは、ただ夢を見ていたのだ。思い出が勝手に歩き出し、蜘蛛の糸のようにあるかなきかの糸を吐き出し、それが常へと繋がっていくような、そんな幻のような夢を。

一晩寝ると、生まれ変わったように気分が良くなっていた。

税務署からの督促状が、事務所の机に放りだしてある。法的措置を取る、だと？　こちとら法学士だ。昔取った杵柄《きねづか》で、なんとでも話をつけてやろう。それで破産するなら、仕方ない。また一からやり直すさ。

税務署へなんと言ってやろうかと、文句を考えているところへ、郵便配達が書留を届けに来た。

差出人は、日本の安達、弟子たちの一人である。

書留とは只事ではない、ライマンは不審に思いながら封を切った。

時候の挨拶に続き、十二人の弟子の連名、ライマン先生へ新年の贈り物を同封するという。

検めると、為替《かわせ》が入っていた。千ドルの為替である。

なんということだ。

ライマンは、震える指先で便箋を持ち直し、手紙の続きを読んだ。

「私たちは、今でも、あなたから受けた御恩を心より感謝しています……」

十二人の弟子たちの、それぞれの顔が浮かんだ。今では髪が薄くなり、ひげをたくわえ、腹が出ているだろうに、ライマンが思い出すのは、赤い頰をした若かりし弟子たちの顔である。

ロークスト・ストリートの自宅は静まりかえっていた。ライマンは一人だった。そして莫大な負債に苦しんでいる。

だが、ちっとも不幸ではなかった。寂しくなどなかった。自分が、決して間違ったことはしてこなかったのだと、信じられた。弟子たちからの手紙がその証《あかし》だった。

ミセス・スコットは植木鉢に屈《かが》みこんで、器用に如雨露を使っていた。ライマンを見ると、如雨露を持ったまま駆け寄ってきて、そのがっしりとした体を寄せてきた。彼女のエプロンから、焦げたベーコンのにおいがした。

「先生、今日は楽しそうだね。なにかあったのかい」

「うん。まあね」

背広の内ポケットの、弟子たちからの手紙がライマンの胸を温めていた。

「あのねえ、先生、いい知らせだよ。早速マツキチから手紙が来たよ。後で見せてやるよ」

「ああ、見せてください」

「今日は、いい天気になったじゃないか。やっと春が来たようだ」

空は晴れ渡っていた。陽光が、昨日までの棘々しさを解いたかのように、フィラデルフィアの街に優しく降り注いでいる。

日本では、そろそろ桜が咲いているだろうか。

一陣の風が路地を抜けていった。温かな早春の風である。

日本からの風だ。

ライマンは、甘酸っぱく清々しい香りを胸一杯に吸い込んだ。

日蝕の島で

昭和十年（一九三五年）。

玲子《れいこ》は十五歳だった。そして、死ぬことばかりを考えていた。

玲子の故郷は北海道の北の果て、オホーツク海に面した枝幸《えさし》村。海に寄りかかった土地である。

春、沖合が真っ白に群来《くき》ると、村人総出で浜へ出る。

「鰊《にしん》が来たぞーっ」

誰も彼もが狂ったように叫び合う。学校も休みになる。

玲子も幼い頃は、近所の子どもたちと一緒に浜へと駆り出されたものだった。

鰊を網から外したり、もっこを担いで魚壺《なつぼ》へと運んだり、汗みずくになって働いた。おやつの時間になれば芋団子が貰《もら》える、それだけが待ち遠しくて、何度もお天道様を見上げた。そういう時に限って、まるで意地悪するみたいにお天道様の歩みはのろかった。友だち同士顔を見合わせてはやきもきした。仕事が済んで、お駄賃代わりに両手一杯持たされるのは、うんざりするほどの鰊。家に帰れば食卓にも鰊、鰊……文字通りの鰊尽くしである。

お手伝いのない日は浜で真っ黒になって遊んだ。海に入れば自分も魚になったみたいに、肌をお日様に焼かれながらどこまでも泳いだ。まぶしかった。空も海も雲も、何もかも。

だが、そんな屈託のない日々は、いつのまにか、まるで引き潮のようにはるか沖へと遠ざかってしまった。

あの頃のわたしは、いったい、どこさ行ったんだろか？

人影のまばらな浜を玲子は見つめた。そこに、かつての自分の姿を探そうとでもするかのように。

久しぶりの故郷の海である。懐かしいのに、どこかよそよそしい。

昨年から、玲子は故郷を離れ、札幌《さっぽろ》の女学校に通っていた。数日前、母親の一周忌に合わせて帰省したのだ。

玲子は沖へと視線を転じた。海面《うみづら》が白く輝いて、まぶしすぎて目が眩《くら》んだ。

こんなに明るいのに、わたしだけ真っ暗闇ン中にいるみたいだ。

浜辺に佇《たたず》み、玲子はそう思った。それから海に背を向けて、緩《ゆる》い坂道を上り始めた。

しばらくして振り返ると、眼下に屋根を寄せ合った、枝幸の家並《やなみ》が見渡せた。木造二階建ての屋根に「喜多屋《きたや》」という旅館の看板が見える。それが玲子の実家だった。両親はすでに鬼籍に入り、家は長兄の代になっている。

嫂《あによめ》から改まって話を切り出されたのは、法要が済んだ昨夜のことだった。

「玲ちゃん、女学校のことだけんど、いっそもうやめにして、枝幸に戻ってきたらいいんでないかい」

甘ったるい口ぶりとは裏腹に目の色は冷たかった。学校の掛かりのことだな、と玲子はぴんときた。商家から嫁いだ嫂のふくは、万事そつのない始末屋だった。

「どうせいつか嫁に行くなら、早いほうがいいよ。ぐずぐずしとって嫁《い》き遅れたら、えらいこっちゃ。若いうちなら、あんた、いくらでも良いくちがあるさ。月々の学費も馬鹿にならんしね」

女学校をやめることになるかもしれない、そのことは、少し前から玲子もぼんやりとは考えていた。だが実際に嫂の口から退学を促されると、急に目の前が暗くなるような気がした。

男の子ばかり三人のあとに遅く生まれた末娘の玲子を、両親は可愛がった。客商売の家庭のことで厳しく躾《しつけ》はされたが、何不自由なく育てられた。

女学校に進んだのは、母のテルが強く望んだからだった。母さんは女学校に行きたくても行けなかったから、あんたが行ってくれれば嬉しい、と。父、栄作《えいさく》の旅館経営は順調で、それくらいの余裕はあったのだ。

札幌に暮らす叔父の世話で入学した女学校はミッションスクールだった。英語を学ぶためである。テルと玲子でそう決めた。

女が英語なんかやってどうする、だとか、若い娘を一人で札幌に出して心配ではないのか、などと周囲は反対したけれど、生来勝気な玲子は意気揚々と札幌に乗りこんだ。

だが、事《こと》はそううまくは運ばなかった。

札幌や小樽《おたる》育ちの同級生たちは裕福な家の娘が多く、とてつもなく垢《あか》ぬけていた。彼女たちは入学前から英語や聖書に親しんでいたから、玲子はたちまち落ちこぼれてしまった。田舎ではちょっとした優等生だったのに。そのうえ枝幸訛《なま》りをからかわれたときは、顔から火が出るような思いだった。受け流すことができなかった。以来玲子は貝のように口をつぐんだ。寄宿舎の部屋に閉じこもり、授業を休みがちになった。当然成績も振るわない。それでもなんとか耐えていたのは、故郷の父母の期待に応えたかったからだ。

そんなとき、丈夫だった栄作が風邪をこじらせ亡くなった。そして、その悲しみも癒《い》えぬ半年後、テルまでもが心臓の病で急死してしまった。まるで父の後を追うかのように。

栄作の死で憔悴《しょうすい》していたテルを、玲子は心配していたのである。兄たちはおのおの所帯を持って忙しくしていたから、母娘は二人で、お互いを支えにして元気を出そう、と慰めあっていたのに。

相次いだ訃報は、玲子を取り巻く景色を一変させた。

テルの葬儀を済ませて学校に戻って以来、玲子はますますふさぎ込んだ。勉強は遅れて進級もままならない。嫂は、学校や叔父からそんな事情を聞いたのだろう。女学校をやめる、そう思うと、気持ちが楽になる半面、全身から力が抜けるようだった。目の前にかろうじて続いていた道が、ふつりと閉ざされたようだった。

玲子、あんたは勉強しなね。

そう繰り返したテルの声を思い出すと、申し訳なくなる。だからといって、学校生活を続ける自信もなかった。

学校への怖《おそ》れと未練、気の進まない縁談。憩《いこ》うべき故郷に父母はもういない。

どこにいても一人きりだ、と玲子は感じた。

玲子は、まるで百年も生きてきたような重苦しい疲労に襲われた。徒労だ、と思った。今まで来た道も、これから行く道も、何もかも徒労ではないか。暗闇の道を歩けば歩くほど背負う重荷が増えていく、一人きりで歩くには、道は遠く果てしなく、背負う荷は重すぎる。

死んでしまえば楽になれる。この重苦しさから解放される。いつしか玲子の目の前に、死の誘惑がちらつくようになった。

缶詰工場の草色の屋根が、新緑のようにつややかに光っていた。この春、葺《ふ》いたばかりなのである。

あちらこちらで普請の槌音《つちおと》がする。料理屋や旅館は競うように増改築に取りかかっている。北見枝幸《きたみ》は、この年、にわか景気に沸いていた。

ちょうど一年後の昭和十一年(一九三六年)六月十九日、北北海道の広い範囲が皆既日食帯に入る。この季節の枝幸は、宗谷《そうや》や根室《ねむろ》に比べて晴天に恵まれることから、大勢の観測隊や見学客たちの来村が見込まれた。またとない商機である。

あれほど群来《くき》ていた鰊も往時ほどは獲れない。北海道が蝦夷地《えぞち》と呼ばれていた昔からの宝の海は、疲弊の兆《きざ》しが見えていた。疲れた海を追い立てるように、船は動力を頼みに、沖へ沖へと繰り出すようになった。起死回生とばかりに水産加工の工場が増えたが、漁村の富は大資本に牛耳《ぎゅうじ》られていく。

そんなとき、降ってわいたような日蝕《にっしょく》景気である。

すわ稼ぎどきと、村中が浮足立っていた。日本中どころか、世界中から人が集まってくるのだ。道路や港も整備され、水道もじき通るという。念願の鉄道も、来年の夏までには開通の予定だ。

なにしろ、枝幸と日蝕との縁は、今に始まったことではないのだ。

アイランド・オブ・エクリプス……日蝕島、北海道はそう呼ばれることがある。十九世紀から二十世紀の半ばにかけて、たかだか七十年足らずの間に、北海道は四度も皆既日食帯に入った。他の地域と比べたら格段に多い。異常なほどに。

奇跡の島、そんなふうにも呼ばれていた。

ゴールド・ラッシュで沸いた当時は黄金の島と呼ばれたものだし、炭鉱の時代は黒いダイヤの宝島……北海道というのは、よくよく人間のロマンを、悪く言えば欲望を刺激する島だった。

枝幸には、四十年前、明治二十九年（一八九六年）にも、日蝕に沸いた歴史があった。北辺の漁村は一転、大盛況の日蝕村と化し、全世界から観測者が詰めかけたという。

その記憶を呼び起こし、日蝕といえば枝幸だとばかりに、村の顔役らは、すでに数年前から観測隊の誘致にやっきになっていた。

だが玲子には、空を突き抜けるような槌音も、人々の甲高《かんだか》い笑い声も、別世界のことのようだった。来年のことなど想像もつかない。

郵便局を通り過ぎ、枝幸尋常高等小学校が見えてくると、遊んでいる子どもたちの歓声が聞こえた。もう学校は退《ひ》けたのだろう。

学校の手前には、村役場や警察署。そして角を曲がると、小学校と向き合う格好で、木造のモダンな建物が見えてくる。

公立枝幸図書館である。

大正四年（一九一五年）の新築から二十年。古びてはいるが、田舎には不似合な堂々たる外観である。垣根代わりのカラマツ林が、周囲に額縁のような黒い影を落としていた。

人影はなかった。地元の人間も滅多に訪れない。稀に外部からの見学者が来ても、それ役場の人たちに連れられて、書棚をぐるりと見回し閲覧者名簿に名前を書いて、それで終わりである。

建物に入り、古い書物のにおいを嗅ぐと、今にも耳元で、亡き母親の声が聞こえるような気がした。

「枝幸の宝さ、この図書館」

テルがいつもそう言っていた。

「村の誇りだ。こだら立派なの、中頓別《なかとんべつ》にも興部《おこっぺ》にも、稚内《わっかない》にもないよ。いんや、札幌の図書館にだって、引けをとりゃせん」

外観ばかりではない。この図書館には千五百冊近い蔵書が納められていた。そして、そのうちの千冊近くが洋書なのである。

玲子が英語の勉強を始めようと決めたのは、この図書館がきっかけだった。

漁に明け暮れるこの北辺の地に、ぽかりと出現したまるで異境のような場所。かつて玲子は、テルと並んで書架を見上げた。意味の分からない金色の横文字をたどりながら、テルの昔話を聞いた。千冊もの洋書が北見国へと至ったあらましを、テルが幼いころ見た「明治の日蝕」の物語を、テルは、繰り返し、繰り返し語った。そして最後にこう付け加えた。

「玲子、あんたは勉強しなね。して、母ちゃんに、英語の本、読んでくれや。約束だよ」

あのな、玲子。

母ちゃんは、あんときのことだけは、今でもよっく覚えているんだよ。目ェ閉じるとな、浮かんでくるだよ、瞼《まぶた》の裏にな、そらもう、はっきりとさ。何回も何回も、思い出したからかもしらん。あの光景を。

明治二十九年八月五日……おらはまだ六つだった。燕脂《えんじ》の着物に赤い鼻緒の下駄履いて、隣のみっちゃんやマサ坊と手ぇつないで、船着き場まで駆けてったさ。船着き場には、おらだちだけでなく、大人も大勢詰めかけてたなぁ。

よく晴れた夏の日さ。気持ちいい風が吹いとった。波がきらきらまぶしくてね。

そのうちにな、ウミツラに一っつ、こんまい光が見えてきた。それが、ぴかっ、ぴかっ、と光りながら、ずんずんと岸へと近づいてくるのさ。群来とも違う、そりゃまるで、海に浮かんだ、もう一つのこんまいお天道様みたくまぶしかったんだよ。

艀《はしけ》だったのさ。沖には小樽から来た船がいて、その船から来た艀に、なんか光るものが乗っとった。

艀がずんずん船着き場に近づいて、おらはやっと気がついた。艀にな、女の人が乗っとった。真っ白いドレスがウミツラみたく波打って輝いて、頭にかぶったしゃれたシャッポには、大きな鳥の羽根飾りがついててさ、その羽根が鶴が羽ばたくみたく、ゆうらゆうらと揺れて、これまた光るのさ。きれいだったねえ、あの人はアマテラス様でないだろか、とおらは思っただよ。

「きれいだねえ」

「見てみな、あの帽子」

「わあ、あんな光って、貝殻でできてるんでないかい、あのキモノ」

「キモノでないべさ、アメリカ人だもの」

村の人たちも、たまげていたよ。今でも、おら、あン時のことば思い出すと、ため息が出るだよ、ほうら、なんか、どきどきしてきた。

メイベル・ルーミス・トッド。その人の名前さ。デビッド・トッド博士ちゅう、偉い天文学者様の奥様だったんだ。

トッド夫人が上陸するとな、迎えに出ていたトッド博士が、そりゃもうすごい勢いで奥様を抱きかかえて、おらだちの目の前で、なんと接吻《せっぷん》したんだよ。おら、生まれて初めてキッス見たさ。ははは、たまげたねえ、あれには。見てるほうが恥ずかしくなったんだよ。

博士は、一月《ひとつき》も前からアメリカ日蝕観測隊を率いて、枝幸で観測準備をしていたのさ。あとから着く奥様を待ちわびていたんだねえ、きっと。

その日の枝幸ときたら、もうもう、今までにない大賑わい。四日後の八月九日に、皆既日食が控えていたのさ。日本だけでなく、世界中から観測隊がやってきていたんだから。

そのじぶん、枝幸は、北の果ての漁村にしては、結構開けていたんだよ。稚内から枝幸へ、北見国の開発が進んできた頃だったから。市街地に碁盤の目の町ができて、人もどんどん増えてた。魚も獲れてたねえ。鰊、ホタテ、秋味《あきあじ》、蟹、鱈《たら》。大漁、大漁さ。

このぶんだら、枝幸はえらい大きくなって、いずれ小札幌と呼ばれるようになるんでねえべか、いや札幌を追い越すべえと、男衆は大きな口叩いとったな、埒もねえ、良い時代だった。

そうは言っても、まだ鉄道も通らねえ僻地《へきち》のことだ。外国人なんて、誰も見たことなかったもの。そっだらとこさ、いきなり、アメリカ、フランス、それに東京から、観測隊が合わせて百人くらいも乗りこんできたんだ。そのうえ、新聞記者だのお偉方だの、素人《しろうと》観測者だの物見遊山だので、村はいっぺんにふくれあがっただよ。宿屋は満員、妓楼《ぎろう》は盛況。食べ物屋も雑貨屋も、儲かって儲かって、笑いが止まらなかっただろね。

沖には、でっかい黒船が浮かんでた……フランスの軍艦さ。フランスの観測隊は、軍艦で乗りつけてきたんだよ。だども、日清戦争後の三国干渉のことがあるべさ、フランスと聞いただけで、男衆は眉吊り上げるようなご時世だもね。それでみんな、どっちかっていうと、アメリカ隊贔屓《びいき》になったんでないかい。

それに、なんつっても、トッド夫人さ。大人も子どもも、一目《ひとめ》であの人に夢中になったよ。異国のお姫様を見たようだったねえ。

おらたちは、アメリカ隊の宿舎だった小学校に、朝から晩まで見物に行ったっけ。あんときはちょうど、枝幸尋常小学校が建て替えられて新しくなったから、古い校舎が空いてたんだね。アメリカ隊は、旧校舎をまるまる使って寝起きしとったのさ。

教室の窓からのぞくと、おひげのトッド博士は、難しいお顔で何やら書き物をしたり、ぴかぴか光る器具をいじったりしとったよ。その傍らで、トッド夫人は窓辺に座っていて、おらたちに気づくと、にっこり笑ってくれただよ。本当にあの方は美しくてお優しくて、それでちっとも威張らねえんだ。しかもな、学者顔負けに賢いんだと。

ご夫妻は連れ立ってよく浜辺を散歩しとった。夫人は歌がお上手でねえ。きれいなお声でお歌いになるんだ。詩を読んでくださったこともあったねえ。もちろん英語の詩だもの、おら、意味なんかわからねえ。だども、不思議と、詩の文句がいくらか耳に残っているのさ。漢詩の素読《そどく》みたいなもんだろか。子どもの耳は、意味がわからんでも、ものを覚えるんだね。

ディスイズ、ランド……サンライズ……。ディスイズ、ショア……イースタンミステリー。

もっと長い文句だったけんど、おらが覚えているのはこれだけだ。だども、立派なもんだべ?

トッド夫人が、枝幸の砂金景気を予言なさった、ちゅうのは、有名な話さ。浜辺の散歩のとき、トッド夫人はあたりの地形をご覧になると、「このあたりは鉱物が豊富でしょうね。きっと金が出ますよ」そうおっしゃったとか。案の定、その二年後に枝幸がゴールド・ラッシュで大賑わいに賑わったのは周知のことだべ。まったく、ご慧《けい》眼《がん》には恐れ入ったさ。あの方は、なんだってご存じだったんだよ。

日蝕なんて、どんなものか、おらたち知らなかったよ。お天道様がお月様の影に隠れて、だんだん欠けて、また元に戻るなんて言われても、さっぱり想像もつかなかったさ。アイヌの言い伝えじゃ、太陽が化け物に食われるんだと。恐ろしがっている爺さんや婆さんもおったねえ。

それを見るために、外人さんたちが大勢して、はるばる海を渡ってやってきたんだもん。いったい何が始まるんだべ、って、おらたちも興味津々だったよ。

トッド博士のアメリカ隊は、そりゃもう、立派な観測小屋を建てたんだよ。小屋の屋根が、こう、開くのさ、鳥が羽を広げたり閉じたりするみたく。ありゃ、おったまげたねえ。その屋根の開いたところから、望遠鏡がにょきっと出てるのさ。中には機械が詰まっていたね。あとで聞いたんだけど、その特別な写真機で、皆既食の二分四十秒の間に、六百枚近い写真を撮れるんだと。お天道様が動くのを自動に追っかける機械もついていたんだと。すごいもんだ、アメリカは。

フランスはフランスで、広い空き地に見世物小屋みたく天幕さ張って、煉瓦《れんが》で土台さ組んで、大掛かりだったさ。小屋は壁も天井もガラス張り、地下室まであったんだと。水兵さんがうろうろしてて、ちょっと近寄りがたかったねえ。

日本の観測隊だって、もちろん、東京から大学の偉い先生たちが来ていたさ。アメリカやフランスに比べたらお粗末だったかもしれんけど、立派な写真機構えていたんだと。

なんもかんも、黒いお天道様が見たい一心さ。

だども、お天道様は意地悪さ。

八月九日、その日は朝からガスがかかってね。なんか嫌な感じの天気だったよ。村中が、いらいらしながら空ばっかり見上げてねえ。薄雲の向こうに丸い月みたいなお日様の形は、ときどき透けて見えるんだが、それでは観測にならんのだと。明るい太陽が雲から出てきてくれんことには、話にならんのよ。

そんでな、とうとう午後二時半過ぎ、ちょうど時刻になったときも、お天道様は厚い雲の向こうに隠れて、出てきやせんかった。

日蝕観測は、結局、失敗してしまったのさ。

村を挙げて大騒ぎして、あんなに楽しみにしていたのにねえ。雲の向こうのことなんだもの、肝心のお日様が見えんからよくわからんけど、なんやらあたりが薄暗くなって、カラスがかあかあ鳴いて、それだけさ。あっけないもんだ。釧路《くしろ》のほうじゃ、見れたというから、枝幸が本命で観測隊も準備したってのに、わからんもんさ。おらはいまだに、日蝕というものが、どんなものだかわからん。

可哀想なのは、観測隊の先生方さ。はるばる海の向こうからやってきて、準備に何か月もかけて待っていたっていうのに、なんもかんも、おじゃんだもの。写真一枚撮れなんだもの。

あのおひげの立派なトッド博士が、おきれいな奥様と抱き合って、おいおい男泣きに泣いたとか、お気の毒だったよ。トッド夫人があんまりお美しくてまぶしかったものだから、お天道様は妬《や》いたのかもしれんよ、天の岩戸《あまのいわと》にこもってしまったんだわ、きっと。

それでも、観測隊の先生方はご立派だったさ。翌々日の十一日、枝幸尋常小学校新校舎の落成式に臨席してくださったのさ。枝幸の皆さんにはお世話になった、ちゅうてさ。ありがたいお言葉をいただいて、お歴々で寄せ書きもしてくださった。枝幸にとっては、何よりの記念になったさ。

そんでな、トッド博士たちがいよいよ帰国というときには、村民挙げて送別の宴《うたげ》を張っただよ。その席でトッド博士は、枝幸の皆様のご親切に報いたい、ついては村の発展のために何かして差し上げられることがあれば遠慮なく言ってほしい、そうおっしゃったのさ。

ありがたいお申し出に、戸長さんは、子女の教育のために古書でもよろしいので書籍を頂戴できまいか、とそうお答えになったそうな。

博士は、それは何より良いことだとうなずかれ、ご期待に沿おうと約束して下さった。

それからしばらくして、トッド博士から荷が届いたのさ。日本語の本と一緒に、なんと洋書が四十冊余も入っていたと。トッド博士はお約束通りに御本を送ってくれたのだと、戸長さんはじめ、みんな感激したんだよ。ありがたいお志の御本は、小学校の書架に大切に保存されたのさ。

だども、それで終わりではなかったのさ。

明治三十四年（一九〇一年）五月。日蝕から五年後のこと。なんと大箱にして九個、千冊もの洋書がアメリカから届いたんだよ。千冊だよ、千冊。次から次へと届く箱に、学校の先生もおったまげたと。

枝幸の人間でさえ、日蝕景気のこともトッド夫妻のことも忘れかけていたというのに、博士は帰国してからも、枝幸のことを気にかけて下さっていた。

千冊の御本だよ。すぐに右から左に用意できるような量でないさ。察するに、トッド博士は、お忙しい合間を縫って御本を集めて下さったのさ。五年かけて、少しずつ、少しずつ、苦労して御本を集めて下さった、枝幸の子どもたちのためにね。どこまでも義理堅い、ご立派なお人柄でないの。日本人も少しは見習わなきゃならんよ。

それが、公立枝幸図書館のはじまりさ。

大量の御本が学校に到着したとき、おらは小学校五年生だった。

校長先生が教室に御本を持ってきて、開いて見せて下さったのを覚えているよ。英語の御本だった。

「みなさんは、トッドさんのことを覚えていますか。今から五年前の日蝕の時のこと、みなさんがまだ小さかった時のことです……」

おらは、急に目の前がぱあっと明るくなったような気がしたさ。忘れかけていた日蝕やトッド夫人のことば、思い出したんだ。

お姫様みたいなトッド夫人のご様子、お祭り騒ぎのような村の賑わい、なんもかんも珍しかった外国の人たち、見られなかった日蝕のこと。あのご立派なおひげの博士や美しい夫人が、行きずりの、枝幸のおらたちのことを忘れないで、こっだら素晴らしい御本を、こんなにたくさん送って下さったんだ、そう思うと、胸が一杯になったねえ。

おらは校長先生に頼んだだよ。

「先生、その御本は何が書いてあるのですか。読んで下さい」となる。

ところが先生は、読めないと言うんだよ。英語は難しくて、校長先生でもお手上げだと。

おら、がっかりしたな。

したから、おらは、きっと英語の勉強して、いつかこの御本を全部読んでやるべ、と思ったもんだよ。

結局、そんなことできんかったけどね。

玲子、あんたは勉強しなね。して、母ちゃんに、英語の本、読んでくれや。

約束だよ。


何度も何度も聞かされた昔話。テルの記憶は、今では、まるで玲子自身の記憶であるかのように鮮明に刻まれていた。

母娘《ははこ》並んで、謎のような異国の言葉を読み解くことを夢見た懐かしい日々が、玲子の胸に迫ってきた。

母ちゃん、ごめんね。わたし、やっぱり、こだら英語の本なんか、読めるようにはなれんのさ。

はなっから無理な話だったのだ。漁村の女の子が札幌に出て、都会の子たちに伍《ご》するなんて。柄にもなく英語の本を読もうだなんて。お宝はお宝のまま、こうして大事に飾っておけばいい。

母ちゃん、わたしなんだか、くたびれたさ。

玲子はふらふらと図書館を出ると、森を目指した。深い森へと分け入れば、誰も玲子を捜せやしない。野垂《のた》れ死ぬのか、熊に食われるのか。

だが図書館の裏手に出た途端、玲子は弾かれたように後ずさった。立木の陰に人がうずくまっていたのである。白い開襟シャツを着た男が、ぐったりとしていた。

行き倒れだろうか。

「もし」

声が震えた。男はゆっくりと顔を上げ、不思議そうに瞬《まばた》きをした。瞳のきれいな青年だった。見たことのない顔である。

行き倒れのようではない、小奇麗な身なりだった。

「ああ……俺、眠ってしまったんだな、本を読んでいたら」

青年があっけらかんと告げて、分厚い布張りの本を抱え直した。玲子はその背表紙を見咎《みとが》めた。アルファベットの綴《つづ》りが見えたのだ。

「あの、それは、図書館の本でないですか」

「そうですけど」

「勝手に持ち出さんでください。大事な本なんです」

ついきつい口振りになった。青年は薄く笑った。

「ちょっと借りて読んでいただけじゃないか、きみ、失敬だね。いいかい、本というものは読むためにあるんですよ、お嬢ちゃん」

馬鹿にされたような気がして、玲子は頭にかっと血がのぼった。

「英語ですよ。読めるんですか」

「まあね。きみは読めるのかい」

玲子は言葉に詰まった。

青年が勢いよく立ち上がった。座っているとわからなかったが、見上げるような背丈である。玲子はややたじろいだ。

「ナンセンスだよ、この村の人たちは。確かに見事な蔵書だ。だが、読めもしない大量の本を後生大事に抱え込んで、紙魚《しみ》の巣にして、よそ者が来て読もうとすると叱られるのかい。御真影みたいにただ壁に飾って、朝に夕にありがたく拝むだけだなんて、せっかくの図書館が泣いている。これぞまさしく、宝の持ち腐れだ。例えば、この本がなんだかわかるかい、きみ」

　青年の語気に圧《お》されて、玲子は口ごもった。

「て、天文学の御本です。この図書を寄贈して下さったトッド博士は、明治の日蝕の時に観測にいらっしゃった、アメリカの偉い天文学者だったから……」

　教師から教わった受け売りで返答するや、青年は言下に否定した。

「とんでもない。きみ、例えばこの本、これはシェイクスピアの戯曲だよ」

　シェイクスピア。聞いたことはあるが、読んだことはなかった。

「それにしても、この北辺の漁村で『マクベス』の原書にお目にかかろうとは、恐れ入ったね……シェイクスピアだけじゃない、ミルトンも、エリオットもある。天文学の本ももちろんあるが、それだけではないんだ。目録を見せてもらったが、圧倒的に人文学の本が多い。雑本の中に交じってはいるが、いわゆる教養書だ。どうしてこんなものが送られてきたか、わかるかね」

　教師のようにすらすらとまくし立てる青年に、玲子は答える術《すべ》もなかった。

「少なくとも、四十年も書架に押し込んでおくためではないと僕は思うね。本は読むためにある。記念品として飾っておくためにあるわけじゃない。そのことに、もっと早く気づくべきだよ」

皮肉な調子で青年が言った。玲子は反発を感じた。

「だども、英語の本では読めません」

「勉強すればいい」

事もなげに青年は言った。

「勉強すべきだ。読めないまでも、この蔵書の意義を正しくとらえるためにね。識者を招いて、枝幸図書館研究会くらいは、立ち上げてもよかった」

青年が玲子につかつかと近づいてきた。玲子が驚いて後ずさろうとしたとき、件《くだん》の本が、ぽんと手渡された。

「ありがとう。これ、書棚に返しておいてくれたまえ。きみの村の大事な本だ。未来永劫《えいごう》、村の誉《ほま》れとするがいい」

冗談めかしてそう言うと、青年は玲子に背を向け、海のほうへと坂道を下りていった。

本はずしりと重かった。考えてみると、小さいときから書棚に並んでいた洋書を眺めるばかりで、手に取ったのは初めてだった。

玲子はぱらぱらとページをめくってみた。古い紙のにおいがした。と、古びた本の間に、真新しい紙片が挟まっていた。青年のものに違いなかった。

紙片には、英語と日本語で万年筆の走り書きがあった。なにげなく目で追って、玲子は驚いた。

This is the land the sunrise washes,
This is the shore of the crimson sea,
How it rises or whither it rushes–
These are the Eastern Mystery.

此処《ここ》は日出《ひので》の洗ふ陸《おか》
此処は真っ赤な海の岸
陽はのぼる陽はのぼる
ここに東の神秘あり

あの人、なして、こったらものを。
その詩は、明治の日蝕の当時、トッド夫妻が人に頼まれて揮毫《きごう》した詩だった。エミリー・ディキンソンという、彼らと同時代のアメリカ女流詩人の作であるといわれている。

トッド夫人は、ディキンソンの兄と交友があった。その縁で、ディキンソンの死後、彼女の詩集出版に尽力したのだそうである。

枝幸に何点か残された夫妻揮毫の書は、その一つが掛け軸として装丁されて、枝幸の医家が所蔵していた。玲子は母と一緒に、その掛け軸を見せてもらったことがあったのだ。

テルは、揮毫の掛け軸を見て以来、この詩をひどく気に入っていた。枝幸の風景にぴったりの詩なのである。テルが幼いころ聞いた、トッド夫人が浜辺で口ずさんでいた詩はこれだったんじゃないか、そう信じていた。

その詩が、なぜか記されていた。そしてよく見ると、sunriseの部分に下線が引いてあった。

なんだべ、これ。なして線が引いてあるの。あの人、なんだろか。

気になると、居ても立ってもいられなくなった。

青年の後を追って、玲子は駆けだした。図書館の脇を抜け、坂道を転がるように走った。息を切らして見回したが、青年の姿はもうどこにも見えなかった。仕方なく図書館でしばらく待ってみたが、青年はそれきり戻ってこなかった。

青年の素性は案外早く知れた。

図書館の付属住宅には、小学校教師夫妻とその母親の老女とが住んでいて、図書館の管理に当たっていた。青年は、その老女に断って図書館を見学していたのだ。玲子が来たのは、老女が所用で外したときだったのだ。

富永浩二郎《とみながこうじろう》。札幌の帝国大学の学生だった。来年の日蝕に向けた準備のための、気象観測の手伝いをしにきた、そのついでに寄ったのだという。

「さあ、どこに泊まっていた人だか、聞かんかったねえ。とにかく、夕方には出発すると言うとったから、もう村にはおらんのでないかねえ。あんた用事があるのかい？　来年の日蝕には、見物に来ると言うとったよ」

老女はのんびりとそう言った。

玲子は不思議な気持ちだった。

真っ暗闇の中から、いきなり明るい場所に引きずり出されたような。

空も海も街も、何もかもがそれまでとは違って見えた。すべてがいっぺんに息を吹き返したようだった。玲子自身さえも。拭い去ったように死ぬ気が失《う》せていた。若いときは誰しもが、生と死との間を行き来して、そして大人になっていく。青ざめた頰の少女がふとしたきっかけで生き延びたり、太陽みたいに元気いっぱいの若者が、ふっと命を絶ってしまったりする。玲子は生き延びたのだ。それはたぶん、富永浩二郎のおかげだった。

富永は玲子にとって、未知の世界の人だった。皮肉屋で、ひどく癪《しゃく》にさわるのに惹きつけられた。邂逅《かいこう》はほんのひとときだったのに、彼を通して、今自分がいる世界とは別の世界が、一瞬、目の前に広がった。まぶしい世界。あんまりまぶしすぎて、他の物は何も見えなくなってしまった。一瞬の光によって世界が一変するということを玲子は知った。

それに玲子は悔しかったのだ。富永は玲子をこてんぱんにやり込めて、それきりふっといなくなってしまったから。

母との思い出の図書館のことで一方的に意見され、英語が読めないことを思い知らされた。悔しいが、彼の言うことには一理あった。

このままでは済ませられない、玲子はそう感じていた。生来の負けん気の強さが蘇っていた。

彼のメモに書かれていたあの詩についても気になった。サンライズの部分に引かれた下線の意味も。いくら考えてもわからなかったのである。

とにかく、玲子は札幌の女学校に戻ろうと決めた。

学費の件は、兄に頭を下げた。嫂は嫌な顔をしたが、もともと玲子に無頓着だった兄は渋らなかった。ただし、きちんと学業に専念することが条件だった。

意気揚々と札幌に戻ったはいいが、玲子は本当のところ、まだ自信がなかった。

玲子は学校では浮いていた。気ばかり強くて、素直になれず、周りがみんな敵に見えていた。親切な先生たちにすら背を向けていた。

ところが、そんな玲子に友だちができたのだ。転入生と同室になったのである。華《はな》子《こ》といって、小樽の雑貨商の娘だった。

彼女は病気で長いこと療養していたので、玲子より二つ年上だった。同級生よりもずっと大人で、まるで姉のように接してくれた。彼女といると、玲子の心は凪《な》いだ。華子は実に勉強熱心だった。自分は病気で一度死にかけた、だからこうしてまた元気になって、勉強できることが嬉しくて仕方ない、そう言った。彼女の背中に玲子は叱咤激励されたのだ。

札幌に戻っても、玲子は富永のことが忘れられなかった。帝大の学生なのだ。町のどこかでばったり会ったって、おかしくはない。背の高い男を見つけると、彼ではないかとどきどきした。

だが結局、札幌で富永に再会することはなかった。大学まで捜しにいく勇気は、もちろんなかった。

考えてみたら、富永との接点など何もないのだ。もう二度と会えないのかと思うと、張り裂けるように心が痛んだ。

あの人にもう一度会えるとしたら、一年後、枝幸の日蝕のときしかない、そう思った。そのときは、少しは対等に話がしたい、その一念で死に物狂いで勉強した。例のディキンソンの詩の件にしても、少しは英語がわからなければ話にもならない。『きみは、英語が読めるのかい？』もし今度そう聞かれたら、胸を張って、『シェイクスピアくらいなら、読めます』と彼に向かって、言い返してみたかった。

昭和十一年（一九三六年）六月。

玲子が枝幸の実家に帰ってきたのは日蝕の前日、村はすでにお祭りのような騒ぎであった。

ＷＥＬＣＯＭＥと大書された松の葉で飾られたアーチが立ち、厳島《いつくしま》神社は晴天祈願の小学生や青年団であふれかえっていた。日蝕本番を明日に控えて賑わいが増していた。

あの人は来ているだろうか。

殖民《しょくみん》軌道に乗っている間も、枝幸に着いてからも、背の高い男を目にするたびに、富永ではないかと胸が騒いだ。

あの人に会えるだろうか。

期待よりも不安が増した。

玲子は図書館へと、ゆるい坂道を上っていった。

京都帝大花山《かざん》天文台の観測隊は、すでに五月半ばから枝幸入りして、小学校校庭に観測小屋を建てていた。四十年前のようにアメリカやフランスの観測隊は来ていないが、中国からの観測隊や、東京自由学園の女性たちが、やはり校庭やその付近を、観測地点として、準備を進めていた。

普段の枝幸では見たことのないような、モダンな出で立《いた》ちの人たちがここかしこを闊歩《かっぽ》していた。軽やかな東京弁が聞こえたかと思うと、優し気《げ》な京都弁や、怒鳴り合うような中国語が飛び交う。

この六月十九日の日蝕は、地中海から始まって、シベリア、満州、そして北海道を通り、ミッドウェイまでと長大な地域にわたっていた。各国は複数の観測地点を定めて、日蝕そのときを待っていた。

玲子はもちろん、明治の日蝕当時を知らない。それでも、急ごしらえの板葺き小屋がいくつも建てられて、男や女が真剣なまなざしで、大砲みたいな望遠鏡を覗いていたりするのを目の当たりにすると、明治二十九年の夏の日に思いを馳《は》せずにいられない。

機材も装備も、当時とは変わっているだろう。だが四十年前にも、アメリカのトッド夫妻やフランスの観測隊員たちが、同じようにこの東洋の一漁村、枝幸に集結したのである。

母ちゃんが生きていたら、喜んだろうにな。

残念だった。四十年前に叶わなかった日蝕観測を、テルにさせてやりたかったと思う。

図書館にも見学者があふれていた。広くもない閲覧室を見渡したが、役場の吏員《りいん》が背広姿の紳士たちに大声で何事か説明しているだけで、富永はいなかった。

向かいの小学校では、「日蝕展覧会」と銘打って、天文関係の写真や資料、果てはなぜか盆栽までが展示され、百人以上の見学者を集めていた。人垣を縫って会場を回ったが、汗をかいて頭が痛くなっただけで、富永は見つからなかった。

本当に来てるんだべか。用事ができて、来られなくなってしまったんでないだろか。とにかく人が多すぎた。普段なら余所者《よそもの》は目立つのに、今日はいたるところ、余所者だらけなのである。人が集まると大漁だとでも思うのか、カモメまで群れ飛び交い、ぎゃあぎゃあと喚《わめ》いている。

人ごみはもうたくさんだった。玲子は小学校界隈《かいわい》の賑わいを背に、海水浴場へ向かう坂道を下りた。喧騒から離れて一息つきたかった。

波音が遠くに聞こえる。静寂にほっとすると、やがてやるせなさが押し寄せてきた。この日がくれば、あの人と再会できる、自然に、去年のように。そう簡単に考えていた自分が、どんなに浅はかだったか思い知った。

図書館から四町《ちょう》ほど下ると、空き地に棒杭《ぼうぐい》が立っているのが遠目にも見えてきた。

「明治二十九年八月九日　米国日蝕観測地点」

四寸角十二尺程度の標柱には、そう記されていた。

四十年前、トッド博士一行は、この場所に開閉式の屋根を持つ観測小屋を据えたのだ。一町ほど北には、同じく仏国観測地点の標柱が、また海沿いに十町ばかり南西には、東京天文台観測地の遺構があった。

標柱を囲んで人垣ができていた。小柄な老人が、数人の男女を相手に昔話に花を咲かせていた。いずれ日蝕見物に訪れた旅行者なのだろう。

雲の切れ間から日が射してきた。老人はまぶしそうに空を見上げて、ぽつぽつと話した。

「もう四十年も経つかいのう。あのときの枝幸は、えらい騒ぎじゃった。日蝕なんてものは、わしら、誰もようわからんかったがのう。とにかく、異人が次々に乗りこんできおって、海に軍艦は入って来るわ、いったい何が始まるんじゃ、というてのう。異人どもは、あっという間に、あちこちに急ごしらえの小屋をいくつも建ててな、でっかい機械やら、箱やら、挙句にめえめえ鳴く山羊《やぎ》やら、次から次へと運びこんで、竈を作ってパンを焼いたり、小学校の天井から獣の肉をぶら下げたりなあ。廓《くるわ》にはフランスの水兵さんたちが押しかけて、大層賑わった。日蝕なんてのは二の次で、異国がそのまんま、乗りこんできたようで、わしら、とにかく、たまげたのう。肝心の日蝕は、ほれ、曇り空でお天道様が拝めんかったから、なんもかんも水の泡。しかし、ありゃ、面白かった。異人さんたちも、付きあってみりゃ、真面目ないい人たちでなあ。一生懸命、夜も寝ないで働いとった。どこの国も同じじゃな。真面目な働き者というのが一番だ。アメリカもフランスも、どっちもいい人たちじゃった……」

老人の声の向こうに潮騒が聞こえた。潮騒の向こうに、玲子は、四十年前の異人たちの狂騒が聞こえてくるような気がした。


一夜明けて、昭和十一年（一九三六年）六月十九日。

皆既日食当日の枝幸は、朝から汗ばむほどの陽気だった。

結局、富永との再会は叶わなかった。玲子は意気消沈して、昨夜、布団に入ってからも、まんじりともしなかった。

それでも日が昇る頃には諦めがついた。所詮、行きずりの人である。やがて記憶の向こうに消えていく、それで終わり。

気を取り直して、玲子は身支度をした。気象予報は快晴である。テルの分まで、黒いお日様を見てこようと思った。

女学校のセーラー服を着て、髪はきちんとお下げにした。ポケットには、富永が忘れていったあの走り書きの紙片が昨日から入っている。

この一年、何度も取り出して開いたので、真新しかった白い紙も、折り目や角が傷んでいた。もう捨ててしまおうか、と思ったが、やっぱりやめた。この紙片がなくなれば、富永と出会ったこと自体なかったことになりそうで、悲しかったのである。富永の記憶が陽炎《かげろう》のように消えていくだけでは寂しすぎた。よすがあれば、せめて思い出せる。記憶はいつか玲子の中に根を下ろし、小さな花を咲かせるかもしれない、そう思いたかった。

太陽は午後二時頃欠け始め、三時過ぎに皆既、四時半頃までには復円するという。

二時前に、玲子は図書館のそばに立ち、空を見上げた。

小学校周辺では、観測隊の人たちが、いよいよ最後の調整を行っていた。時折飛び交う間延びした京都弁や怒鳴るような中国語の声にも、ぴりぴりと緊張感が漂っていた。

道端で人々が立ち止まって空を仰ぐ。手には各々、まるで御神札《ごしんさつ》のような長方形の油煙硝子《ゆえんガラス》。それをかざして光輝をさえぎり、太陽が欠けていく様を見るのだ。玲子の手にも同じ物がある。

少しでも太陽に雲がかかると、舌打ちが聞こえる。枝幸の住人すべてが空を注視していた。

「二十秒前！」

どこかで誰かが叫んだ。周囲の人々が一斉に空を仰いだ。

「欠けたぞ！」

大声に弾かれたように、皆が板硝子越しに太陽を見上げた。

はじめはほんの僅かだった。ところが板硝子を注視しているうちに、みるみる太陽が欠けていくのだ。まるで、月の満ち欠けがひとときに凝縮されたようである。時が物凄い速さで進んでいくような錯覚に陥り、玲子はめまいがした。

太陽が三日月に見えるのは妙な感じだった。それよりも妙だったのは、地面に映る花や葉の影までが、すべて三日月に欠けていくことだった。玲子自身の影さえも。

太陽と共に何もかもが形を失い、やがて跡形もなく消えていくのではないか。

玲子はふと恐ろしくなって、自分の手足を見た。もしかしたら欠けてなくなっているのではないかと、心配になったのだ。

お天道様が欠けるというのは、日が翳《かげ》るのとは全く違う。やっとわかった。

ところが、しばらくして、地面に濃く落ちていた三日月形の影が、みるみる薄らいで消えた。雲がお日様と天空を覆ってしまったのだ。村中が失望のため息でどよめいた。

蝕はどんどん進んでいく、雲はいっこうに晴れない。人々は、皆既の瞬間の、貴重なコロナの輝きを見逃してしまうのではないかと、じりじりしながら天を睨んだ。

カラスが鳴きながら帰路を急ぐ。夕闇が駆け足に訪れたのかと勘違いしたのだろう。

突然雲が切れ、太陽が顔を出した。安堵のため息が広がった。

だが日が射しているはずなのに、あたりは依然として黄昏《たそが》れているかのように暗い。板硝子越しの太陽は有明《ありあけ》の月のように頼りない。

「一分前！」

どこからか叫ぶ声が聞こえた。

「三十秒前……二十秒前……十秒前……皆既！」

太陽が穴のように黒く天空に沈んでいるのを、玲子は見た。黒い太陽を縁取る輝きがコロナである。コロナが明るければ明るいほど、黒い穴は暗く、深くなる。玲子は、自分自身の体に真っ黒な穴を穿《うが》たれたような、不気味な感じがした。

どこからか万歳の叫びが起こった。すでに地上は異様なほど薄暗く、ひんやりとした風が吹いてきた。地平線が白くなり、星が瞬《またた》いているのが見えた。

息を呑むようなわずかな時間が流れたあと、ふいに、空が裂けたかと思うほど、まばゆい光が玲子の目を射た。

「ダイヤモンド・リングだ」

野次馬の誰かがそう言った。

ダイヤモンド、ダイヤモンド……。玲子は何度も繰り返した。

世界がまるごとまどろみから覚めたかのように、あたりが徐々に明るくなった。

突然、コケコッコー、と鶏がのどかに時ならぬ時を告げ、あちこちから安堵にも似た失笑がもれた。

気がつくと、群衆は三々五々と散り、玲子は一人、図書館のかたわらに取り残されていた。

ダイヤモンド・リング。あの輝きを浴びた瞬間、雷にでも打たれたような心地になった。

太陽とは、あんなにも美しいものだったのか。あんなにもまぶしいものだったのか。

穏やかに天地《あめつち》を照らしているとばかりに思っていた太陽が、あんなにも激しい光の塊《かたまり》だったなんて。あの輝きこそが、素の太陽だったのだ。

人知の及ばない、とんでもない光景を目の当たりにして、玲子は圧倒されていた。

それでいて、清水で洗われたような、さっぱりとした心地がしていた。

あの人には会えなかったけれど、もうこれでいい。求めていたものとは違うけれど、それとは別の、とてつもない宝を得たような、そんな気持ちだった。

あの人は幻だったのかもしれない、闇の世界にいたわたしを明るく照らして救ってくれた、一瞬の太陽《アポロン》。

勉強すべきだ、と富永は言った。トッド博士がくれた蔵書の意義を正しくとらえるべきだ、と。

まだ自分は、何も知らないのだと玲子は思った。勉強しよう、と玲子は心から思った。図書館の本を読みたい。母の知り得なかった世界を知りたい。エミリー・ディキンソンの詩も、シェイクスピアの戯曲も。知りたいことがたくさんある。

玲子は図書館の書棚から、去年富永が手にしていた洋書を抜き取り、例の紙片を挟んで元に戻した。

いつかこの本が読めるようになったら、そのときは、あの人の言ったことの意味がわかるようになるかもしれない。わたしのするべきことが見つかるかもしれない。

図書館を後に、玲子は坂道を下った。

日が傾きかけていた。祭りの後のような気怠《けだる》さが、そこかしこに漂っていた。観測隊は早くも撤収にかかっていた。日蝕前の緊張感とは打って変わって、和やかに談笑している。

ひと抱えもある、大砲みたいなキャメラを、数人の男たちが大事そうに運んでいった。見るともなしに、その様子を見ていた玲子は、突然、その場に凍り付いたように立ち止まった。

背の高い男が、キャメラの一団に手を挙げながら、こちらに歩いてきたのである。

「じゃあお先に、ありがとう」

声を聞いて確信した。富永浩二郎。あの青年に間違いない。

「あの」

玲子は駆け寄って、声をかけた。緊張したせいか、つい咎めるような口振りになってしまった。

富永の問いかけるような目の色が、ぱっと明るくなった。

「きみは、もしかすると、去年、そこの図書館で会ったお嬢ちゃんじゃないか」

覚えていてくれた、その喜びで胸が張り裂けそうになった。お嬢ちゃん、という呼び方は気に入らないけれど。

「はい、あの、そうです」

「奇遇だなあ、驚いたよ。まさか今年も、こんなところで会うとはな」

「よく、覚えていてくださいました」

「うん、声でわかったよ。なんだか叱られているような感じが、去年もほら、僕が本を読んでいたら、きみに叱られたんだ。僕はよくよく、きみに叱られる星回りらしい」

冗談めかして富永は言ったが、玲子は恥ずかしさで気が遠くなった。

「女学生だったのか、札幌だね。こちらに実家が？」

「はい」

「大きくなったね。見違えたよ。声を聞かなきゃ、わからないところだった」

玲子の背丈は、去年は見上げるようだった富永の、肩のところまで伸びていた。

二人は並んで図書館への坂道を上っていった。

「その節は失礼いたしました。ご見学の方とは存じませんで、生意気なことを申し上げました」

「いいんだよ。僕も確かに、大切な本を持ちだして、あろうことか昼寝の枕にしたんだからな。叱られて当然さ。きみ、日蝕は見た？」

「はい」

「見事だったね。いい写真が撮れたよ。観測隊の中に知り合いがいてね。手伝っていたんだ」

「ずっと観測隊の皆さんとご一緒だったのですか」

「ああ。よその隊にもお邪魔して、日蝕談義さ。みんな興奮していた」

「素晴らしかったと思います。ダイヤモンド……」

「うん、ダイヤモンド・リング。僕も初めて見た。あれには驚いた。まるで、一瞬で一生分の輝きだ。あれは癖になる。日蝕を追って世界中を回ったトッド博士の気持ちがわかるよ」

「ええ、本当にそうです」

「天体というのは人を虜《とりこ》にするのだな。トッド博士もそうだっただろう。彼はなかなか面白い男だったらしいね。火星に夢中になったことがあったというよ」

「火星って、宇宙にある星のことですか？」

「そう。地球から比較的近い距離にある惑星だ。トッド博士は研究を重ねるうちに、火星に行ってみたいと思いつめるようになった。思いつめて彼は、とうとう気球に乗って、火星を目指した」

「まさか、そんなことができるんですか」

「もちろん、できるはずがない。気球は途中で墜落してしまった」

「まあ」

初耳だった。

「トッドはからくも命をとりとめたが、その事件は新聞にも載って世の中を騒がせたのさ。研究対象を求めてどこまでも突き進む……学者というのは、そういう一本気なところがあるものだ。ちょっとしたレオナルド・ダ・ヴィンチ、日本で言うと、平賀《ひらが》源内《げんない》かな。だから彼は、黒い太陽を求めて枝幸にまでやってきた」

火星に比べれば、枝幸など近いものである。

「もっとも、当時の日蝕観測は雲が災いして成功しなかったんだがね」

「はい。お気の毒なことでした」

「実は彼は、枝幸以外でも何度か日蝕観測に失敗しているんだ。そのせいで、学界では、『トッドの曇り』と陰口を叩く者もいて、ちょっと有名だったという話だ。雨男みたいなものだね、曇り男か」

「天文学者だのに、曇り男？」

「仕事にならないな」

富永と玲子は声を合わせて笑った。

やがて図書館に着くと、玲子は書棚から件の本を取り出した。

「あの、お聞きしたいことがあるのです」

例の紙片を取り出して、富永に示した。

「これ、本に挟まっていたんです。もしかしたら、あなたのものでないかと、とっておいたのですが」

「ああ、これ、ここにあったのか。僕のメモだよ。どこにいったのかと捜していたんだが、こんなところにあったのか」

「この詩の掛け軸、わたしも見たことがあります。わたしの母はトッド夫妻に会っているんです。明治の日蝕のとき、母は六歳でした」

「そうだったのか」

玲子は富永に、テルがトッド夫人に憧れを持ったことや、揮毫されたディキンソンの詩を気に入っていたことを話した。それでこの紙を見たとき、驚いたということも。

「僕も去年、枝幸に来たとき、掛け軸の話を聞いてね、興味を持った。だって、この北辺の漁師町に、シェイクスピアどころか、ディキンソンだなんて、ちょっと振るっているじゃないか。もっとも、アマーストはクラーク博士の出たところだし、北海道と縁の深い土地柄ではあるのだが」

エミリー・ディキンソンはマサチューセッツ州アマースト生まれ。厳格なピューリタンの家柄で、祖父はアマースト大学の創設者である。聡明で快活だった彼女は、成年に達したのと前後して、突如として外界との接触を避けるようになった。以後三十年もの間、ほとんど自宅とその庭のみの世界に暮らし、彼女は詩作に専念するようになった。残された詩稿は千五百にのぼり、妹・ラヴィニアは編集を断念。膨大な遺稿は、兄・オースティンと親交のあったトッド夫人に託されたのだ。

「トッド夫妻の揮毫の書は、他にも、もう一つあったと聞いた。今は行方不明だそうだね」

龍寛寺《りゅうかんじ》という寺に保管されていたもう一幅の掛け軸は、寺が無住だった大正の終わり頃、紛失したらしい。

「写しだけは残っていたから、見せてもらったのだ。同じ詩のようだったが、ただし、写しの詩は、サンライズの部分が、サンセットと記されていたんだ。それでちょっと気になってね」

「そうだったんですか」

「たぶん、この詩は、トッド夫妻がアレンジしたんだろうと、僕は思う」

紙片に書かれた詩を見ながら、富永が言った。

「アレンジ……」

「例えば、ディキンソンの原詩がまずあって、そこにトッド夫妻がアレンジを加えたのだろう、枝幸の風景に似合うようにね。だから、写しに二種類あるんじゃないかな、ただの写し間違いではなく、工夫の跡だ」

「枝幸に似合うような詩にしたと？」

「和歌でいう、本歌取《ほんかどり》とでもいうのかな。贋作《がんさく》というわけではない。トッド夫妻はディキンソンに敬意を持っていたはずだから。だいたい、ディキンソンは、アメリカどころか、自分の家の敷地からさえ、ほとんど出なかったというのだよ。それなのに、彼女が東洋の北辺、枝幸の風景にぴったりの詩を書いたなんてことは、およそ考えられない。せいぜい李白《りはく》か杜甫《とほ》か、アメリカ商人の東洋紀行か何かに触発されて、東洋の風景を詩にすることはあったかもしれないが……当時のニューイングランド人には、その程度の教養はあった。ましてや彼女の祖父はアマースト大学の開祖なのだから。ディキンソンの詩は断片しか残っていないものも多いというから、ただでさえ解釈が難しい。だから、編集を引き受けていたトッド夫人が多少の手を加えたということは、おおいに考えられるよ。枝幸揮毫の詩も、そうして生まれたのかもしれない」

「そうですね」

「それにしても、枝幸にディキンソンとは、まさに、イースタン・ミステリーだ」

富永浩二郎と玲子は札幌に帰ってからも、月に一度くらい会って話すようになった。二人でよく札幌の町を散歩した。歩きながらいろいろな話をした。

玲子はいつか、枝幸図書館の洋書を読むだけではなくて、詳しい目録を作りたいと考えるようになった。できれば、英語のわからない人のために訳と説明書きをつけたい。そうすれば、いわゆる宝の持ち腐れも、少しは解消するのではないかと思った。

浩二郎は面白がって賛成した。好奇心の塊のような人間なのである。

いつか本の整理ができたら、『トッド夫妻記念蔵書』の解説講座を開こうか、いっそ学校を作ってしまおう、枝幸図書館学校というのはどうだろう、などと、次から次へと話が大きくなっていく。浩二郎は工学部で建築をやっていたので、建物の設計は任せろ、予算は道庁からぶんどってやろう、と意気軒昂《いきけんこう》、いくらでもアイデアが浮かんだ。

想像をするのは楽しかった。二人でなら、なんだってできる、そんな気持ちだった。

昭和十五年（一九四〇年）五月。

玲子は最終学年を迎えていた。

過ぎてみれば、あっという間の学生生活である。成し得たことより、やり残したことのほうがずっと多い。まだまだ勉強を続けたかった。

卒業したら、札幌に残るのか、枝幸に帰るのか、まだ決めかねていた。

実家の兄夫婦が縁談を用意して、玲子の帰りを待っていたのだ。

浩二郎は大学で講師の職を得て、土木工学の研究を続けていた。玲子が札幌に残ろうかと迷っている理由は、浩二郎がいるからだった。彼と離れたくなかった。

約束をしたわけではなかった。二人でいるのは楽しかったし、玲子は彼に夢中だったが、彼の心はわからなかった。浩二郎は交際が広かった。きれいな女性と一緒にいるところを、何度も見かけたことがある。玲子の知らない、大人の男としての別の顔があるに違いなかった。

許嫁《いいなずけ》がいるのかしら。

浩二郎が、玲子の知らない誰かを妻と呼ぶのかと思うと、目の前が一気に暗く閉ざされるような気がした。

玲子にとって浩二郎は太陽《アポロン》だった。初めて会ったときから、玲子の行く手を明るく示す光だった。彼を失えば、天の岩戸が閉ざされ暗夜に右往左往する民のように、玲子も絶望するだろう。

少しでも長く、浩二郎さんと一緒にいたい。

二人でとめどなく話したり、お茶を飲んだりするひとときこそが、輝くような時間だった。

寄宿舎の部屋で英語の辞書をめくっていると、激しい風が窓をかたかたと鳴らした。

玲子は、ふいに枝幸の浜辺を思い出した。

海へと向かう強い西風。船を沖へと連れていく、枝幸の風。

故郷では、殊《こと》に春先の季節風をヒカタ風と呼んだ。あたかも冬の間にたまりにたまった自然の鬱屈を吹き飛ばそうとするかの如く、強風が荒れ狂う。そんなときは、いくら鰊が群来て刺網を張っていても、網揚げに船を出すことができなくなってしまう。

図書館の窓枠も、いまごろ風に叩かれ、かたかたと揺れているだろう。千余冊の蔵書は埃《ほこり》をかぶったまま、静かに震えているかもしれない。

玲子はふと、枝幸に帰ろうか、と思った。しばらくの間、図書館に通って洋書と格闘するのだ。それくらいの猶予を兄夫婦も与えてくれるだろう。

浩二郎さんにも相談しよう。いつか別れるときが来るとしても、せめて、もう少しの間だけ、一緒に過ごすことができたなら……。

「玲ちゃん、いらっしゃる？」

突然、外出していた同室の華子が、慌てたように部屋に飛び込んで来た。

「はい。どうなさいましたか」

「舎監さんがお呼びよ。早く行って」

「どうしたのかしら」

「ご親戚がお呼びだそうよ。どうやら、ご実家が……枝幸が、大変な大火事に見舞われたそうなのよ」

風が吹いていた。

頭が痛くなるような、ひどいにおいの風である。

雑多な臭気《しゅうき》に玲子は顔をしかめた。枝幸の村の焼けたにおいだ。トタンに柱に衣類に布団、そして人間。多くの住人が財産を失い、また命までなくした。山がひどく近くに見えた。そして海も。視界を遮る建物がなくなってしまったからだ。カモメばかりが我が物顔に、悠々と翔《かけ》ていく。

枝幸は焼け野原だった。山火事が、あっという間に飛び火したという。強風に抑えつけられて、炎は燃え上がることができず、地を駆けた。あたかも紅蓮《ぐれん》の洪水のように、炎は街になだれこんだという。

玲子の実家の旅館・喜多屋も、工場や役場も、それに小学校と枝幸図書館も、すべてが灰燼《かいじん》に帰した。

トッド夫妻が残した千余冊の洋書も。

兄夫婦や使用人たちは、命からがら逃げのびて無事だった。すでに再建に向けて奔走しているというから逞《たくま》しい。

札幌で知らせを聞いて、すぐにも帰郷したいという玲子を、叔父や女学校の先生は止めた。周辺は混乱していて何があるかわからない、落ち着くまで待つようにと。だが玲子は行かずにはいられなかった。

浩二郎に相談すると、

「僕も一緒に行こう」

と即決し、同行してくれたのだ。

「燃えちゃったのね、図書館」

がれきの山を見つめながら、玲子は呆然《ぼうぜん》とつぶやいた。

もう読みたくても読めない。明治の昔、トッド夫妻から届いた夢の箱は、繙《ひもと》かれることなく灰になった。

「もう、読めない……」

「読めるさ」浩二郎が静かに、しかし力強く答えた。「本なら、また集めればいい。そうだ、図書目録がどこかにあるはずだ」

「目録だって、燃えてしまったわ……」

「写しがあるはずだ、きっと。目録に従って図書を集める、図書館を再興するのさ」

玲子は、焼け跡みたいに荒廃しきった胸の奥に、小さな灯がともったような気がした。

「再興、そんなこと、できるかしら」

「できるさ。図書館再興。一緒にやろう、二人で」

二人で――。そのひとことが、玲子の心を温かく満たした。

「……できるかしら、いつか、本当に」

「できるさ、きみなら。僕がついている。心配ない」

そう言われると、本当に心配ないように思えた。玲子の胸に沈澱していた暗い絶望が、希望へと次第に色を変えていく。

雲間から、白い陽光が射した。

玲子は浩二郎の腕にすがった。浩二郎は拒まなかった。二人は、どちらからともなく寄り添いあって、くすぶる焦土をあとにした。


それから一年後、玲子の卒業を待って、二人は結婚した。

実家の兄夫婦は反対しなかった。旅館も枝幸も着々と復興していた。彼らは玲子のことまで手が回らなかったのだ。

すでに戦争の足音が、北海道にもじわじわと近づいていた。

戦局が厳しくなるにしたがって、徴兵猶予を受けていた学生や若い教師たちも、兵隊に取られるようになった。

浩二郎も例外ではなかった。同僚らとともに徴兵検査を受けた。

だが、浩二郎が戦地に赴くことはなかった。検査で肺に影が見つかったのである。すでに検査の半年ほど前から、浩二郎の体に異変は表れていた。乾いた咳をするようになり、見るかげもなく痩せた。それでも欠かさず学校に通い、家では遅くまで机に向かう毎日だった。

札幌の上空にもB29が飛来するようになる頃、浩二郎は喀血《かっけつ》した。病院のベッドから起き上がれなくなった。

あるとき、病室の灰色の天井を見つめながら、弱々しい声で浩二郎が言った。

「きみはそのうち、僕のことを忘れてしまうだろうね」

肉が落ちてとがった横顔が哀れだった。玲子はこぼれそうになる涙を堪《こら》え、わざと快活に微笑《ほほえ》んだ。

「なんてことをおっしゃるの。忘れるだなんて、そんなことあるはずないでしょ。だって、あなたはじきに良くなって、わたしと一緒にずっと長生きなさるんだもの」

すると浩二郎は、老僧のように静かに告げた。

「忘れたっていいんだよ、僕のことを。太陽の一生に比べたら、僕らの一生なんて、一閃《いっせん》より短い。取るに足らない一生だ」

「そんなことない……」

「ダイヤモンド・リングを覚えているかい？　枝幸で、皆既日食を見たね」

「ええ、覚えています。美しかったわ」

「一瞬だったが、永遠のような輝きだった……。僕らが一緒に暮らした年月も、短い間だったけど、永遠みたいに素晴らしかった。それでいい。過ぎ去ってしまったけど、あの一瞬は永遠だ。だから、きみは僕のことを忘れたっていいんだ。若いんだから、幸せになるんだよ」

それから間もなく、三十歳を目前にして浩二郎は逝った。沢山の本と日記と、そして玲子を残して。

昭和二十年（一九四五年）八月。戦争は終わった。

戦後、玲子は札幌の真駒内《まこまない》に設けられた米軍基地、キャンプ・クロフォードに職を得た。

女学校で同室だった華子の紹介である。華子はすでに実業家の妻になっていた。夫は小樽を拠点に手広く商売をしていて、米軍とも取引があったのだ。

米軍施設での玲子の仕事は英文タイプや電話交換、簡単な事務だった。給料も悪くなかったし、物資不足の世の中にもかかわらず、ここでは缶詰や菓子、衣服なども手に入りやすかった。

玲子はきちんとした英語の読み書きができたので、重宝された。玲子が通った女学校は英語教育に力を入れていたから、娘時代の勉強が役に立ったのだ。しかも卒業後は、英語を忘れないようにと、日頃から浩二郎が英文法を厳しく指導してくれていた。そのおかげでもあった。

休みの日には、浩二郎の遺品の整理をした。大量の本やノートは収拾がつかなくて、いつまでたっても片づかなかった。一緒に読んだ本や昔の日記を繙くうちに、いつのまにか日が暮れた。

浩二郎は、玲子と初めて出会った日の日記に、躍るような筆跡で記していた。

『図書館から少女が現れ、叱られた。失敬だが、美しい少女だったから許す。当方も負けずに少々お説教、どうだ参ったか……』

浩二郎はせっかちだった。筆跡も荒く読みづらい。彼の言葉は皮肉で辛辣《しんらつ》、それでいて温かかった。読みながら玲子は声を出して笑った。まるでその場に夫がいて、直接話しかけてくるかのようだった。

皆既日食の日、二人が再会したときの記述を見て、玲子は驚いた。

『振り返ると、目の前に彼女が立っていた。喜多玲子。太陽のしずくが落ちてきたかのよう。まるでアマテラス』

玲子に関しての描写が、テルの昔話の中のトッド夫人のそれと、よく似ていたのである。

わたしはできそこないのトッド夫人。浩二郎さんは学者肌のトッド博士かしら……そういえば、浩二郎さんは曇り男だった、デビッド・トッド博士と同じように。

思い出すと、笑いが止まらなくなった。笑いはいつか嗚咽《おえつ》に変わった。涙が込みあげて、玲子は声を上げて泣いた。

あなたと一緒に出かける日は、なぜか決まって曇り空だったわね。でもわたし、あなたさえいてくれたら、毎日が曇り空だって、ちっとも構わなかったの。枝幸で見た、皆既日食のダイヤモンド・リング、あのときわたしは、一生分の太陽を貰ったのだから。

周囲から幾度も再婚をすすめられたが、玲子は断り続けた。女一人食べていくのに不自由はなかった。

『二人で枝幸図書館を再興しよう』という浩二郎の声が、いつも頭の片隅にくすぶっていた。

そんな折、玲子は、浩二郎のノートの中に走り書きを見つけた。

『枝幸日蝕図書館』

浩二郎はそう書いたあと、『図書館』の部分だけ、大きくバツ印で消していたのだ。

そしてその脇に、細かい字で書き込みがあった。

『もっと別の可能性、図書館ではなく、図書館であるような』

図書館ではなく、図書館であるような?

もっと別の可能性。それがいったいなんなのか、玲子には見当もつかなかった。

浩二郎の『枝幸日蝕図書館』に関する書き込みは、それだけだった。きっと、玲子とその話をする前に、彼の命が尽きてしまったのだ。

図書館再興。目録を捜し、それに従って洋書を集める、それ以外にどんな可能性があるというのか。

玲子は浩二郎の遺影を見つめた。

夫は黙って微笑んでいる。

意地悪ね、あなた。

つい、悪態をついてみる。

――まだまだ、勉強が足りないな……。

どこからか、浩二郎の声が聞こえたような気がした。

キャンプ・クロフォードが閉鎖されたのは昭和二十九年（一九五四年）。玲子は三十歳を過ぎていた。

その頃、札幌のH大学には、戦前にはなかった英文科ができていた。キャンプ時代の貯金で、学費は十分賄《まかな》えた。試験を受けて、玲子は合格した。一回り以上年下の学生たちと机を並べることに迷いはなかった。

大学院を卒業し、札幌にある女子短大の講師の職を得たとき、玲子は四十代半ばになっていた。

講義や研究に追い立てられて、枝幸は遠のいていった。研究者としてスタートが遅かった分、やることはいくらでもあった。

何年かに一度、実家を訪れると、枝幸は相変わらず海に寄りかかっていた。それでいて近代化の波に洗われ、昔の面影をなくしていく。北海道に散らばった他の無数の田舎町と同じように、物欲しそうな顔つきに変わっていくように思えた。

公立枝幸図書館は再建されていた。だが無論そこには千余冊の洋書はない。ごく当たり前の地方都市の図書館だった。

五十歳を過ぎて、玲子は札幌のH女子大で助教授になった。ディキンソンの研究で少しは名前が通り始めた。相変わらず多忙だったが、『枝幸日蝕図書館』のことは、ずっと気になっていた。

もしトッド博士の図書が、あの火事で焼けていなかったとしたら、今のわたしなら読むことができる。分類して目録を作ることも。それはあたかも、トッド夫人がエミリー・ディキンソンの死後、その遺稿を拾い集めて張り合わせ、整えたように、わたしは本を拾い集め、補修して、足りない分は補充して。必要なら翻訳もするだろう。

だが図書は焼けてしまった。

もう一度図書を集め、図書館を再興するには、人手も費用もとんでもなくかかるだろう。それだけの力が自分にないのが、口惜しかった。

トッド博士寄贈の図書目録は、かろうじて写しが他の図書館に残っていたことがわかった。玲子は目録を取り寄せた。そして、とりあえず自力で出来る限り、本を集めはじめた。

大学勤めをしている玲子にとって、それはさほど難しいことではなかった。アメリカに行って古本屋巡りをしたり、大学関係者に依頼したりもした。時間はかかったが、玲子の『トッド文庫』は着実に充実しつつあった。

玲子は、枝幸に住む長兄に相談を持ちかけてみたことがあった。

「枝幸の図書館を再興するという計画、お兄さん、どう思う？」

「図書館？　図書館なら、もうあるべや」

「そうじゃなくて、明治時代の図書館。ほら、お母さんがよくお話ししてくれたじゃない。明治の日蝕のあとで、トッド博士が贈ってくれた図書のこと。千冊も洋書の蔵書があった枝幸図書館、昭和十五年の枝幸大火で燃えてしまった……」

「ああ、あの火事はひどかったな。なんもかんも燃えた」

「あの図書館をもう一度、作るの。どうかしら」

「なして、また図書館ばっかり作るのよ」

「だから、違うのよ。なんていうのかな。その図書館は記念館みたいなものなのよ。トッド博士がかつて寄贈してくださった洋書を中心にした、明治と昭和の日蝕の記念館よ。そこで講演もして、『トッド文庫』の解説や展示をするのよ。図書館なんだけど、図書館ではないような……」

兄は焼酎を飲みながら笑い飛ばした。

「何わけのわからんことを言ってんだ、おめえは。だいたい英語なんか、誰も読めないべさ」

「主なものは翻訳するのよ。講座を開けば、当時のことや図書館のそもそもの成り立ちを考えるきっかけになるわ」

「だめだ、だめだぁ。図書館には観光客は来ないべさ」兄は、地域の観光開発事業に参加していた。「これからは、観光客を呼び込まなきゃならん。枝幸といやぁ、海だべや。観光客は蟹が目当てさ。なんかするなら、蟹だな。蟹ミュージアムなんかどうだべ。あとは、遊園地か、テーマパークだな。温泉ホテルも建てねば。図書館なんか、だめだめ。予算もとれないわ」

兄は旅館の他に缶詰工場も手がけていた。漁師でなくても海と共に生きている、それが枝幸の人間だった。

兄の同意がないのに、枝幸で勝手に話を進めることはできないと思った。

玲子の足は、また枝幸から遠のいた。

やがて玲子は教授になった。

遅咲きだった玲子の研究者人生は、怒濤《どとう》のような忙しさだった。役職に就いてからは、自分の研究のみならず、雑用にも時間を割かれた。

図書館再興を忘れたことはない。だが、もう一歩を踏み出せぬまま時は流れた。

『もっと別の可能性、図書館ではなく、図書館であるような』

浩二郎の残した言葉。玲子はいまだに、その可能性をイメージできずにいた。

『トッド文庫』は順調に集まりつつあった。一人住まいの玲子の家に、うずたかく積まれていた。

図書収集の傍ら、フランスの作家、アンドレ・マルローが『東西美術論1』の中で挙げた「空想の美術館」というアイデアが、一時玲子の関心を引いた。やや古い考え方で、写真や複製画を用いて、時代やカテゴリーを問わず美術作品を一堂に会し、比較検討する可能性を論じている。

だがインターネットが人々の生活に浸透しつつある今なら、デジタル空間でいくらでもそんな試みができる。

日蝕図書館にも応用できるだろうと玲子は考えた。

空想の図書館。もう、本を集める必要もなくなるかもしれない。

それにしても、すべてデジタルに頼るのが良いとは思えなかった。ヴァーチャルな技術がいくら進んでも、実際の手触りを大切にしたかった。

トレイルはどうだろう。

玲子は、アメリカのミドルベリーにある、ロバート・フロスト・トレイルのことを思い出した。ハイキングコースなのだが、森林の小道のそこかしこにフロストの詩碑がある。歩きながらフロストを偲《しの》ぶことができるのだ。

図書館とうまく組み合わせることはできないかしら。

とにかく、枝幸に行こう。

そう決心したのは、退職の二文字が目の前に迫ってきたころである。役職を離れて身軽になったせいもある。玲子はやがて古希を迎えようとしていた。

もう長いこと、冠婚葬祭以外で故郷に帰ることはなくなっていた。すでに兄夫婦は鬼籍に入り、叔父や叔母もいない。いとこたちもたいてい枝幸を離れてしまい、身内はほとんど残っていなかった。

だが係累がいなくなった今、自由に動けるチャンスでもあった。

直接図書館を訪ねてみようと玲子は思った。いくら計画をしても、受け入れてもらえなければ話にならない。今の枝幸の様子を自分の目で見ておきたかった。

枝幸行きの話をすると、三人の教え子が同行したいと申し出た。ゼミで特に親しくしている三年生の学生たちである。

菊池洋子《きくちようこ》は道東の中標津《なかしべつ》出身。図書館司書の職に就きたいという。吉岡静江《よしおかしずえ》は札幌出身、池内《いけうち》あかねは旭川《あさひかわ》、二人とも、ゆくゆくは教師か学芸員になりたいという。

「喜んでお伴します。だって、面白そうじゃないですか。北海道の北の果てにディキンソンゆかりの土地があるなんて。どうして誰も大騒ぎしないのか、不思議だわ」

洋子はアメリカの詩人について研究をしているので、興味は人一倍だった。

「わたくしの小さい頃は、それなりに賑やかでしたけれど、いまの枝幸なんて、さびれた田舎で、行ってもつまらないかもしれないわよ」

「つまらなくたっていいんです。わたしたち、修学旅行のつもりですから。玲子先生とご一緒するなら、どこだって楽しいわ。お勉強になるもの」

一番まじめで勉強熱心な静江が言った。彼女は、いつも期日より早く、完璧なレポートを提出するような子だ。

「それにしても、エレガントな玲子先生が漁師町の枝幸出身だなんて、信じられない。子どもの頃、鰊を山ほど担いだなんて、この華奢な玲子先生がねえ」

屈託のない笑顔を見せるあかねは、静江とは対照的にレポートを忘れる常習犯である。そそっかしいが気持ちの優しい、おっとりした娘だった。

「それに、玲子先生の『日蝕図書館』計画、先生だけじゃ、頼りないわ。わたしたちがお手伝いしなくちゃ」

洋子が生意気を言い、静江とあかねも楽しそうにうなずいた。

「まあ、あなたたち、本当に勉強熱心で頼もしいこと」

「先生が良いからです」

静江がおどけて頭を下げた。

「あら、ありがとう。何かご馳走しなくちゃね」

「そうこなくっちゃ」

あかねがすかさず、まぜっ返す。

冗談か本気か、教え子たちとは気の置けない口がきけた。子どもを持たなかった玲子にとって、教え子たちは皆、可愛い子どもたちだった。

昭和六十年（一九八五年）の興浜北《こうひんほく》線廃線以来、枝幸へ続く鉄路はない。それでなくても、昔から、開拓動脈から外れているだの、陸の孤島だのと言われている枝幸である。蝦夷地の時代から、陸路より海路が勝る土地柄だったのだ。海に寄りかかる癖が抜けないのは、そのせいなのかもしれない。

玲子たちは、札幌から鉄道で名寄《なよろ》まで出て、そこからはレンタカーで枝幸入りした。

公立枝幸図書館の玄関前には、日蝕記念のきれいなプレートが設置してあった。この図書館が、トッド博士に由来すると銘記してある。

日蝕に関しての資料があったら見せてほしいと頼むと、司書らしい若い男性が、何冊かの大判の本を持ってきた。写真集のような冊子である。

玲子は、ふと思いついて聞いてみた。

「トッド博士の資料などもございましたら、拝見できますでしょうか」

男性は申し訳なさそうに答えた。

「そういったものは、博物館ですねえ」

「博物館？」

「はい。日蝕関連の展示があります。パネルや大きな写真で紹介しているんです。掛け軸なんかもあったはずですが」

「掛け軸ですって？」

玲子は思わず身を乗り出した。

「まさか、それは、トッド夫妻が揮毫した掛け軸のことですか？　枝幸のお医者様の所蔵の？　それがどうして、博物館に？」

「ええと、どうだったかな」

男性は玲子の勢いに気圧《けお》されたように口ごもった。玲子は逸《はや》る気持ちを抑えて、言葉を選んだ。

「不躾《ぶしつけ》ではございますが、その掛け軸を拝見できませんか」

「ええ、かまいませんよ」

男性は玲子が拍子抜けするほど、あっさりとうなずいた。

「博物館に、吉野《よしの》という館長がおります。トッド夫妻に関しましては彼が詳しいので、連絡しておきますよ。これからいらっしゃいますか」

「はい、ぜひ」

玲子はもう立ち上がっていた。洋子が、やんわりと恩師を止めた。

「玲子先生、でも、こちらの図書館で寄贈のご相談をなさるのでは……」

「掛け軸が先よ。あなたたちにもお見せしたいの」

玲子は、何かに急《せ》かされるように図書館を後にした。

博物館は高台にあった。海の見えるひろびろとした敷地である。

館内は明るく、床や天井まで古生物の絵や標本が飾られて、古代からの枝幸の歴史を体感することができる。平日の昼間だったせいか、人影はほとんどなかった。

入り口で名乗り、展示を眺めていると、間もなく吉野館長が現れた。館長にしては若い。四十歳にはなっていないだろう。そして見上げるような大男である。ラガーマンのようながっしりとした体格だった。

館長は窮屈そうに、大きな体を屈《かが》めて言った。

「お待ちしておりました」

その声が、見かけによらず春風みたいに優しかったので、玲子は肩の力が抜けた。

館長に連れられて、玲子たちは早速保管庫へ向かった。

保管庫には実に様々な収蔵品があった。鉱物標本などのかたわらに、古い火鉢、ブリキのおもちゃ、洗濯板、二宮金次郎の銅像まである。

ある棚には、酒屋の店先よろしく、一升瓶とビール瓶がぎっしりと並んでいた。

「空き瓶ばっかり。こんなに」

「なんですか、これ」

館長は、三人の若い女性に囲まれて、ますます窮屈そうに答えた。

「ええと、こちらは、枝幸の鉱山地帯で作業員たちが飲んだものでしょう、捨ててそのままになっていたらしい空き瓶です」

「じゃあ、ゴミですか」

「まあ、そうです」

「ゴミまで集めるんですか、面白い」

あかねが無邪気に言ったのを、玲子が引き取った。

「でもね、あなたたち、ゴミはゴミでも、こういうものを集めるというのは、大切なことですよ。いわば、現代の貝塚です」

館長は玲子へ向き直ると、嬉しそうに答えた。

「はい、まさにそうなんです。今は、ガラクタみたいで価値がないように見えても、将来の人間にとっては、何かを知るためのきっかけになるかもしれない。失われてしまってからでは遅い。だから、わたしたちはできるかぎり収集をしています。瓶の一本、蓋の一つが、その時代の道しるべになる。わたしたちにとっては宝の山です」

館長は雑然とした保管庫の中を見回して、熱っぽく語った。

館長が高い棚の上から、細長い箱をひょいと下ろした。

「さて、先生、こちらがご所望の、デビッドとメイベルが揮毫した掛け軸です」

館長は箱の中から掛け軸を取り出すと、倉庫の壁に吊るした。

「まあ、これだわ。懐かしい……」

玲子は我を忘れて、掛け軸にすがりつきそうになった。まるで古い友人と久しぶりに巡りあったかのように、全身を血潮が駆け巡るのを感じた。玲子は少女のように頬を紅潮させて、詩を朗読した。

This is the land the sunrise washes,
This is the shore of the crimson sea,
How it rises or whither it rushes-
These are the Eastern Mystery.

David Todd and Mabel Todd
Esashi 16 August 1896

読み上げる自分の声に、母の声が重なるような気がした。そして、トッド夫人の声さえも。

玲子は、急に視界が開けていくのを感じた。まるで大海原に乗り出す船の舳《へ》先《さき》に立ち上がったかのように。

海の向こうには、果てしない世界。遮るものなく、真っ直ぐに。

繋《つな》がっているのだわ。

玲子は気づいた。日本の中心から遥かに北の辺境の地、道北・枝幸。けれど見方を変えれば、辺境は最前線になる。不便でしかないと思い込んでいた故郷、枝幸という土地が、どれほど広い世界に面していることか。首都・東京という偏見に毒された日本。その狭苦しい社会に背を向けて、新世界へと視線を転じることができるではないか。

枝幸の歴史がそのことを知っている。思い出すべき豊かな遺産がここにある。異文化が交わるところに新しい時代が始まる。ならば枝幸には、その資格があるではないか。

光と影が交互に訪れる場所。西と東が垣根を越え交じりあい、新しい空間が生まれるべき場所。そこに足を踏み入れれば、まぶしい輝きに目を開かれるような図書館《ばしょ》。

海を越えて、空の彼方へ、時さえも越えて。

これこそが、イースタン・ミステリー。

若い人たちの新しい技術こそが、この辺境を変えていくのかもしれない。そのとき

『トッド文庫』は古くて新しい道しるべになる。図書館が助けになる。ただ本を並べればいいわけではない。図書館ではなく、図書館であるような、俯瞰する視野と知識の宝庫。

枝幸日蝕図書館がモデルになればいい。北海道の、そして日本の地方都市の、新しい図書館のモデルに。

「先生は、『トッド文庫』を再興なさりたいとか」館長が眼鏡の奥の瞳に力を込めて言った。「興味深いご計画です。わたしに手伝えることがあれば、なんなりとお申し付け下さい」

「……いいえ、主役は、わたくしではないの。あなたたちだわ」

館長が不思議そうな顔をした。玲子は、館長と教え子たちを見渡して言った。

「新しい図書館は、あなたたちの世代が作るのですよ」

それはまだ形にならない。けれど、この子たちがいる。

わたしの仕事は、この子たちのような若い芽を育てることだったのかもしれない。

目を閉じると、まぶしい光が見えるような気がした。目が眩むような白い光。

ダイヤモンド・リングだ、と玲子は思った。

――きみは、よくやったよ。

光の中で、浩二郎が笑っているような気がした。

暗く陰った太陽も、いつか再び戻ってくる、信じられないほどの輝きを伴って。命は繰り返されていく。

「ほんの一瞬で世界は変わるの。あなたたちにも、いつかわかるわ」

稚内港北防波堤

北海道・稚内港《わっかない》には、ある特徴的な建物がある。

稚内港北防波堤。現在では選奨土木遺産に認定され、北防波堤ドームとも呼ばれている。

全長四百二十七メートル、高さ十四メートル、屋根を支える柱は七十本、その名が示すドームというよりは、むしろ半トンネルないし半ヴォールト状の建物。

それはまるで古代ギリシャの神殿を長く長く延ばしたように、北へ向かって果てしなく続いている。見る者を圧倒する壮観な眺めである。昭和十一年（一九三六年）完成当時、北からの烈風にともなう波浪《はろう》を防ぐため、紆余曲折の末、この形に落ち着いた。

波よけという目的重視の形状ではあったが、結果的にその大胆な意匠《いしょう》は、建築デザインとしても白眉《はくび》となった。ギリシャの神殿を思わせるような柱廊《ちゅうろう》に、なだらかなコンクリートの曲線、他に類を見ない個性的な外観はたちまち人々の心をとらえ、道北のランドマークとなった。

当時、稚内港は、日本領・樺太《からふと》とを結ぶ航路の玄関口だった。防波堤の内側に稚内桟橋駅が設けられ、線路が引き込まれていた。列車で到着した乗客が風雪にさらされることなく、タラップを通って乗船できる仕組みだった。上野から青函《せいかん》連絡を経て樺太へ、一直線に続く二泊三日の旅路の、まさに堂々たる北の玄関口である。

この防波堤に思い入れのある人は少なくない。

稚内近郊で酪農業を営む富川和夫《とみかわかずお》も、その一人である。

*

和夫の父、富川正太郎《しょうたろう》は山口県出身、明治の半ばに生まれた。

明治生まれとひとくくりに言っても、十年違えばまるきり別世代である。和夫の祖父母の時代は、まだちょんまげを結って侍言葉を使っていた。父親の代になると、だいぶ開明的になる。

正太郎が壮年時代を生きたのは大正デモクラシー、モボ・モガの時代である。人々はお洒落《しゃれ》で自由を謳歌《おうか》した。日本が軍国主義に毒される前の空気を吸っていたのである。正太郎もお洒落な人だった。しかも、なかなかいい男だった。

正太郎の故郷は貧しい土地だった。明治維新の覇者は薩長土肥《さっちょうどひ》だと言われるが、長州、すなわち山口は羽振りがいいかと思いきや、そんなことはない。むしろ貧しかったからこそ、維新に向かったのだろう。幕府瓦解《がかい》後も、豊かになったのは一部の高官だけである。

正太郎の青年時代も、地元にはろくに仕事がなかった。役所勤めか、畑を耕すか、そんなところだ。

まず正太郎の弟、和夫の叔父である信人《のぶと》が満州に渡った。奉天《ほうてん》という町で刑務官の職を得た。彼らの故郷では剣道がさかんで、兄弟は師範の資格があった。それで信人は刑務官になれたのだろう。

幼い時分、和夫は大陸の叔父から届く手紙や小包を楽しみにしていたものだった。中でも、特急・あじあ号の絵が大きく描かれたパンフレットは和夫の宝物だった。暇さえあれば眺めて、大平原をひた走る列車の雄姿に思いを馳《は》せた。当時、南満州鉄道、略して満鉄は、日本の誇りだったのだ。残念なことに、信人は戦時中に流行《はや》り病に罹《かか》り、早死にしてしまった。戦後、残された信人の妻は、幼子四人を連れて大変な思いで引き揚げてきたという。留守の間、戦中戦後のどさくさにまぎれて、人に預けていた先祖代々の土地は奪われてしまい、散々な目にあった。それでも子どもたちは皆無事だったのだから、運がよかったのである。

正太郎は旧家の長男だった。それなのに、次男の信人に続いて家を離れたのは、どういう事情だったのか、和夫にもよくわからない。先祖代々受け継ぐ広大な敷地も屋敷も荒れ果て、持ちこたえるにも難儀したのだろうか。山口師範学校を出ると、正太郎は樺太に渡ると決めた。弟が大陸なら自分は樺太とでも思ったのだろう。

当時、日本の男は、食えないとなると外地を目指した。ちょうど幕末から明治にかけて、人々が北海道へと移住したように、明治から大正、昭和初期には、北海道より更に北の樺太へ、大陸は満州へ、南洋諸島へと、挑戦者たちは夢を追って海を渡った。日本という国が外に向かって、一気呵成《かせい》に膨張しようとしていた時代である。正太郎も、新天地で出世して故郷に錦《にしき》を飾るつもりだったのかもしれない。

だが結果的に、正太郎は樺太には渡らなかった。

津軽海峡を渡り、北海道の旭川《あさひかわ》までは来たが、そこに居ついてしまったのである。たまたま同じ山口師範出の先輩が旭川師範学校の校長をしていたので、彼の世話で尋常小学校教師の職を得た……というのが表向きの話である。

だが和夫は信じていない。たぶん父は旭川に好きな女性ができたのだ、そう睨んでいる。男が見知らぬ土地に居つくのは、女が理由と相場が決まっているではないか。

とにかく正太郎は旭川で結婚し、中堅教師として頼りにされる存在になっていった。昭和一《ひと》ケタ、つまり和夫が生まれた頃のことである。

その後、正太郎は、道北の開拓地ばかり転々と赴任して回るようになった。当時の道北の開拓地は、明治初期の札幌《さっぽろ》さながら、全く未開の地であった。鉄道もない、電気も水道もない、冬には馬橇《ばそり》しか移動手段がないのである。そんな奥地の分校には、えてして師範学校を出たての若い教師が赴任する傾向があった。彼らは若さゆえ、使命感に燃えて、新開地赴任の希望を出すのだ。しかし実際の生活は甘くはない。ほとんどの若者は不自由な生活に音《ね》を上げ、半年もしないうちに逃げだすことになる。逃げられた奥地の分校はたまらない。ただでさえ、教師不足なのだから。

そこで正太郎の出番である。経験豊富な正太郎は特命を受け、急遽《きゅうきょ》奥地に赴任する。若い教師たちの尻ぬぐいをするべく、後任が決まるまでのつなぎとして。

正太郎は人がよかった。頼られると嫌と言えないところがあった。旭川の先輩に恩があり、断り切れなかったのかもしれない。格好をつけたがる気質もあったかもしれない。

もちろん家族帯同であるから、妻となった喜久子《きくこ》は苦労した。家政を一手に引き受ける上に、ときには代用教員として、夫の補助をしたり、村の娘たちに裁縫や行儀作法の手ほどきをしたりもした。

和夫には、正《ただし》という三歳年上の兄がいた。子どもたちにとっては、田舎暮しは楽しかった。山を駆けまわったり、川で釣りをしたり、いい思い出である。

そんなふうにして、和夫は小学校だけで七度も転校をした。主に道北や道央である。嫌な思いをしたことはほとんどない。教師の子どもはどこへ行っても大事にされて、すぐに慣れることができた。どの土地にもそれぞれの思い出がある。すべて故郷だと和夫は思っている。


昭和十四年（一九三九年）、和夫が尋常小学校二年のときである。

父の何度目かの赴任地、Tという稚内近郊の小さな集落に一家は住んでいた。燕麦《えんばく》や馬鈴薯《ばれいしょ》、除虫菊《じょちゅうぎく》畑の広がる丘陵地である。約二万年前、その一帯は氷河に覆われていたという。低い丘が重なりあうなだらかな地形は氷河の置き土産だ。

官舎と小学校とは棟《むね》続きで、簡単に行き来ができた。学校が和夫たち兄弟の遊び場だった。書棚の学校図書を片っ端から読みあさり、理科実験道具をいたずらした。夕暮れ時には、同級生たちと一緒に学校の屋根に上って、はるか北西をのぞんだ。天空にくっきりと浮かぶ利尻岳《りしり》が夕日に染まっていくのを飽きず眺めた。

秋になるとコスモスが咲いた。赤やピンクの明るい花が野原を埋め尽くした。誰が植えたわけでもないのに、コスモス畑は広がっていく。和夫はそれが不思議だった。

その頃、兄弟の楽しみといえば、列車に乗って稚内に行くことだった。二月《ふたつき》か三月《みつき》に一度、父か母に連れられ、賑やかな稚内の街で買い物をしたり、映画を観たりするのだ。稚内へ行く前日の夜は、都会への憧れで、眠れないほどわくわくした。

Tから徒歩で一時間半、波打つような丘の一本道をひたすら歩いていくと、沼川《ぬまかわ》という駅に着く。駅前に商店や郵便局などがある、そのあたりでは中くらいの町である。そこから稚内までは、列車で更に一時間ほどだった。

家族四人揃って出かけたという覚えは和夫にはない。休日でも、父か母のどちらかが家に残った。開拓地の教師には、土地の世話役のような雑多な仕事が課せられており、家を空けられなかったのだ。

旭川に母の実家があり、そこへは大抵、母と和夫の二人で行くことが多かった。なぜか正は滅多についてこなかったが、子どもだった和夫は、さほど疑問に思ったことはない。理由がわかったのは、ずいぶんあとになってからである。

その年の夏休み、家の中がなんとなくそわそわしていた。

母は家事で忙しくしていたし、父は出かけてばかりいた。正はふさぎこんで本ばかり読んでいた。和夫だけが無邪気に遊びほうけていた。

ある日、父と正が稚内に行く相談をしているのを和夫は耳にした。どうやら、翌日出かけるらしい。和夫は慌てた。稚内なら自分も行きたい。夏休みなのだから。それなのに、なんの準備もしていない。きっと母が忙しさにかまけて忘れているのだろう、と思った。和夫は母をなじった。

「お母さん、新しいシャツを出してよ。明日稚内に行くんでしょ」

すると母は繕《つくろ》い物の手を止めて、困ったように和夫を見つめた。

「ねえ、早く早く」

和夫がいくら急《せ》かしても動こうとしない。母は何か思いつめたように唇を噛んでいた。

母はおとなしい女だった。いつも着古した紺絣《こんがすり》の背を丸め、縫物をしていた。その丸い背中に、正と和夫が代わりばんこに乗っかっては、よく叱られた。「こらこら、危ないでしょう」と窘《たしな》める母の声は優しく、丸い背中はほっこりと温かかった。

母は旭川の大きな旅館の娘として育った。お嬢様だったのだ。だが、かつては羽振りのよかった旅館も、彼女が娘時代に人手に渡り、その後は経済的に苦労をしたらしい。女学校を出ると、旭川の郵便局に勤めたという。職業婦人のはしりである。

大正十二年（一九二三年）、突然、東京からの連絡が一切途絶えたことがあった。普段はひっきりなしに来る打電が、りんとも鳴らない不気味さに異常を感じた喜久子は、関東周辺へ手当たり次第連絡を取ってみた。そして初めて、首都・東京が未曽有の震災に襲われたことを知った。関東大震災である。だから関東大震災の第一報をつかんで、そのニュースを初めて北海道全土に知らせたのは自分なのだ、という十八番《おはこ》の話を、和夫は小さいころから繰り返し聞かされたものである。普段はおとなしい喜久子が、その話をするときだけは高揚して早口になるのを、和夫は不思議な気持ちで眺めた。モールス信号を使ったというのだから、喜久子もいっぱしの職業人だったのだ。おっとりしている今の姿からは想像がつかなかった。母は案外、しんの強いところがあるのだと思った。

和夫が騒ぎたてるので、母はとうとう重い口を開いた。

「稚内には、お父さんとお兄ちゃんの二人で行くんだよ」

「なして」

「なしてって……御用があるんだよ」

「俺も行きたい」

「行けないのよ」

「行きたい、行きたい、俺も行くもん。お兄ちゃんばっかり、ずるいや」

和夫は泣いた。熱い涙があとからあとからこぼれて止まらなかった。自分だけが仲間はずれにされた、そんな寂しさで一杯だったのである。

困った母は、父が外出から戻るなり相談をした。玄関口で両親がいつまでもこそこそとやりあっているのが、居間にいる和夫の耳にまで届いた。

「……カズが可哀想で」「しかし、おまえ……」「……この機会に……」「……カズはまだ小さすぎる……」

父母の様子は、あきらかに普通ではなかった。稚内に行くくらいのことで、こんなに揉《も》めるなど、今までにはなかった。和夫は泣くのも忘れて耳をそばだてた。

「いつまでも、隠してはおけませんよ」

母の声が少し高くなった。父は黙ってしまった。諍《いさか》いになると、だんまりを決め込むのが父の常套《じょうとう》手段である。教師らしからぬ卑怯な手口だと、和夫はしばしば感じていた。

その夜も遅くなって、結局和夫は稚内行きを許された。

「ついてきても、映画も買い物もなしだぞ。用事があるんだからな」

父が怒ったようにそう言った。両親から、それ以上の説明はなかった。

和夫は不服だった。稚内に行けるのは嬉しい。だが、くすぶっているものが晴れない。両親は和夫に何か隠しているのだ。

その夜、和夫は思いがけないものを見た。

夜中に小用に起きたときである。台所の片隅で母が泣いていた。寝巻の背中を丸めて、声を殺してすすり泣いていた。和夫は心配して声をかけた。

「お母さん、お腹《なか》でも痛いの？」

母は慌てたように笑顔を取り繕うと、

「何でもないんだよ。はやくおやすみ」

かすれた声でそう言った。

翌日になると、母は何事もなかったかのように、早朝からきりきりと働いていた。

父は、なぜか妙に饒舌《じょうぜつ》だった。妻の機嫌を取るかのように、しきりに話しかけるのだ。

なのに母は、いつになく素っ気なかった。常日頃は結構仲のいい夫婦なのに、その朝に限って母は夫に背を向け、慌ただしく正の世話ばかり焼くのだ。一方、正は、心ここにあらずという感じで、絶えずそわそわしていた。

和夫は居心地が悪かった。

どうもいつもと様子が違う。まるで、皆一斉に何かから目をそらそうとしているかのようだった。和夫の知らない何かから。

「気をつけて、行ってらっしゃい」

母は三人を笑顔で見送った。そのとき正の頭に手をやり、髪を撫でた。何度も何度も、ちょっとしつこいくらいに。

三人が歩き出すとすぐに、

「和夫」

と母が呼んだ。何か忘れ物かと駆け戻ると、母が耳もとでささやいた。

「お父さんから離れちゃだめよ。ずっとくっついていなさい」

どうして、と聞き返そうとしたが、そのときの母の表情がひどく切羽詰まっているようで、和夫は思わず「はい」とうなずいた。

列車の旅は楽しいものだった。沼川から稚内へ鉄路は蛇行している。途中大きな沼があり、列車は水面《みなも》を縫うように走るのである。ゆっくりと車窓が回ると、自分を中心にして世界がぐるぐる回っているような心地なのである。今でいう、ちょうど遊園地のコーヒーカップに乗っているような、そんな感じなのだった。

車窓を眺めているうちに、あっという間に稚内に着いた。

七月半ば。道北は束《つか》の間の夏だった。日射しはじりじりと熱く、一年中冷たく湿った海風が、この時期だけは心地いい。強風に押しつぶされたようなハイマツの合間から赤いハマナスが点々と顔を出し、千切《ちぎ》れそうに揺れていた。

駅を出ると、父は映画館や商店の並んだ繁華街に背を向けて歩き出した。

「ねえねえ、どこまで行くの」

「桟橋だ。防波堤を見にいこう」

「やったあ」

和夫は歓喜した。

明治三十八年（一九〇五年）の日露戦争後、日本が南樺太を領有することになって以来、北海道、殊《こと》に稚内の立ち位置はがらりと変わった。鉄路と航路が北を目指して、ぐんぐんと延び始めたのだ。北辺の漁村だった稚内は、森林やパルプ、漁業、石炭などの新興産業に沸く樺太への華々しい玄関口へと変貌を遂げつつあった。

その当時、北海道第二期拓殖計画の目玉として、稚内港北防波堤が完成し、稚内桟橋駅が開業したばかりだった。その威容を一目見ようと、見物に訪れる人も少なくなかった。もちろん和夫たちも憧れていたのである。

港に近づくと、和夫たちは目を見張った。

それは見たことのない、異様な建物だった。港内へ長く延びた防波堤の一部に、見上げるような半トンネル状の屋根がついている。屋根にも、支える太い柱にも、異国風の独特な意匠がほどこされ、そこだけおとぎの国の景色のようである。

「どうだ、すごいだろう」

父は小学校の教師らしく、身振り手振りを交えて説明した。

「設計したのは、土谷《つちや》実《みのる》という建築家、北海道帝国大学土木工学科第一期生だ。稚内築港事務所に赴任して、たった三年後、二十六歳のとき、この仕事をしたんだよ」

若き建築家、土谷実の指導をしたのは、稚内築港事務所の所長、平尾俊雄《ひらおとしお》。東京帝大卒、小樽《おたる》築港事務所を経て、網走《あばしり》と兼務して稚内築港事務所長となった平尾は、土谷を高く評価していたのだろう。詳細な調査の結果、平尾が構想した庇《ひさし》つきの防波堤という珍しいデザインを土谷に託した。土谷は見事設計を完成させた。平尾は土谷への信頼を深めたに違いない。その後も重要な現場に土谷を伴い、土谷も平尾によく従ったという。

「なんで、こんな形にしたのかな」

不思議そうに正が聞いた。

「格好いいからじゃないか」

和夫が口を挟むと、父は笑って答えた。

「確かに格好いいな。だがそればかりじゃないぞ。稚内特有の強風や、高い壁さえ越えてしまう高波を防ぐためには、普通の防波堤では駄目だった。膨大な計算やテストを繰り返し、この形に落ち着いた。土谷実は、なにせまだ経験が少なかったから、大学時代の講義ノートにあった、ギリシャ・ローマ建築の資料を参考にしたのだそうだ。若くて怖いもの知らずだから、こんな思い切ったデザインができたのかもしれないな。稚内の厳しい自然環境が、この美しいデザインを生んだといっていい。皮肉だな」

「何かに似てる」

正が言った。だが、それがなんだか兄弟にはわからなかった。人なのか、物なのか、動物なのか。

防波堤は、風浪《ふうろう》を遮断するというよりも、むしろ受けとめて、軽くいなすかのようだった。波に背を向ける緩やかな曲線が、どこか優しく見えたのだ。

防波堤の向こうには青い海。そして青い海の更に向こうには樺太が見えた。

防波堤の陰から一歩出ると、和夫はよろけて転びそうになった。

「おい、大丈夫か」

正が和夫を支えながら、自分もよろけた。

「風、強すぎるよ」

「俺、飛んじゃいそう」

二人はもつれあい、どちらからともなく笑い出した。

「こら、こっちに入りなさい」

父に呼ばれて、子どもたちは防波堤の陰に入った。そこは静かで薄暗かった。かすかに波の音がする。冷たいはずのコンクリートが温かく感じられた。

防波堤を見物したあと、父が唐突に、

「レストランにいこう」

と言い出して、和夫は驚いた。正も目を丸くした。

田舎回りのしがない教師だった父の月給では、贅沢《ぜいたく》などできない。家での食事も質素なものである。どこかへ行くときは弁当を持たされ、金のかかる外食をしたことなどなかった。

レストランは稚内桟橋駅の待合室に付属していた。船が出たあとだったのか、待合室にもレストランにも、客はほとんどいなかった。テーブルにはクロースがかかり、ボーイが注文を取りに来た。

「トーストを三つ」

父が、しばらく眺めていたメニューから顔を上げ、注文した。

白い皿にのって運ばれてきたきつね色のトーストは、薄く塗ったバターが金色にてらてらと光ってきれいで、食べるのがもったいないほどだった。

生まれて初めて食べるトーストである。手でちぎって食べるのか、ナイフで切ればいいのか、それすらもわからなかった。

親子三人、添えられたナイフで、かわるがわる不器用にパンを切って口に運んだ。パンはなかなか切れず、しまいには形が崩れてしまった。無理もない。それはバターナイフだったのだから。

それでも、初めて食べるバタートーストは美味《うま》かった。こくのあるバターの甘味と、さくさくと歯触りのいい温かいパンの、舌にのせると溶けてしまいそうなふんわりとした食感。和夫はうっとりした。

三人は、まるで何かの儀式のように、厳《おごそ》かにトーストを食べた。

トーストはメニューの中では一番安いものだった。それでも、当時の父にとっては相当な贅沢だったのである。

お父さん、なんだか気取っているな、俺たちをレストランなんかに連れてきて。

和夫は、ふとそう思った。

パリッとした背広を着て髪を撫でつけ、白い洋皿を前にした父は、分校の教室で見るよりも、幾分男前に見えたのだ。


トーストを半分ほど食べ終えたときだった。

レストランの入り口に、一人の女が立っていた。薄紫の銘仙《めいせん》に白い博多帯、手にはたたんだ白いパラソルをさげ、背筋をぴんと伸ばしていた。立葵《たちあおい》の花を思わせるような美しい女である。

父が立ち上がり、続いて正が立ち上がった。

「ちょっと、ここで待っていなさい」

父は和夫にそう言い残し、正を連れて行ってしまった。

父と兄が女に近づくなり、

「正ちゃん」

透き通ったきれいな声があたりに響いた。女が屈《かが》みこんで、正をきつく抱きしめた。

父が低い声で何か言い、女が高い声で笑った。遠目にも正は嬉しそうだった。今まで見たことのないような、甘ったるい表情をしていた。

三人は、まるで仲の良い家族のように寄り添って、レストランに入ってきた。テーブルに近づいてきて、女は初めて和夫に気がついたらしい。表情から、笑みがすっと引いた。予期せぬものを見た、と言わんばかりの驚いた顔をした。

「和夫だ、知っているだろう。正より三つ下なんだ」

父が取り繕うように紹介をした。

女は狼狽《ろうばい》を隠せずに、大きな瞳を泳がせていた。静かなレストランに不穏な空気が流れた。ボーイが何食わぬ顔で寄ってきて、メニューを置いた。

和夫は逃げ出したくなった。なごやかな人たちの中で、自分だけが異物だった。

「この人は綾子《あやこ》さんだ。今日はな、ちょっとこの人と用事があったんだ」

父が言ったが、和夫の耳には入らなかった。

泣きそうにしている和夫に向かって、綾子がふいに笑顔をみせた。それは、相手を瞬時に安心させるような、邪気のない笑顔だった。

「綾子です、よろしくね……いやだわ、正太郎さん。もしかして、あたしのこと、言ってないの？」

「ああ、まあな、こいつは、まだ小さいから」

「小さくたって、立派な男よ。ねえ、和夫くん」

彼女に見据えられると、なぜか溶けてしまいそうな気持ちになる。

いったい、この人は誰だろう。

和夫がまごまごしていると、綾子が挑むようにきっぱりと告げた。

「あのね、あたし、正ちゃんのお母さんよ」

「えっ」

何を言われているのか、わからなかった。

父の顔色が変わった。

「綾ちゃん、そんなこと……」

「いずれわかることでしょう。隠しているなんて、おかしいじゃない、ねえ」

綾子は同意を求めるように、和夫の肩をやわらかく抱いた。

「だって、和夫くんは正ちゃんの弟なんだから。あたしの子どもみたいなものだわ」

和夫は動転した。目の前に、ひどく魅力的な見知らぬ母親が降ってわいたのだ。

「綾ちゃん、ちょっといいかな」

「ええ、いいわ」

父が綾子の腕を取り、半ば強引にレストランから連れ出した。

残された和夫と正は、しばし言葉を失っていた。

先に口を開いたのは、正のほうだった。

「……驚いた？」

「……うん、なんなの、お母さん、って」

「あの人、俺の本当のお母さん。お父さんの前の奥さんで、俺を生んだ人なんだ」

「えっ、じゃあ、うちのお母さんは」

「お父さんの二番目の奥さんだ」

衝撃だった。今まで信じてきたものが、何もかもいっぺんに崩れ去っていくような気がした。

「俺が赤ん坊のとき、綾子さんは家を出ていって、そのあとに、うちのお母さんがきたんだ。綾子さんとうちのお母さんは、旭川の郵便局で同僚だったから、代わりに俺を育てたんだって」

事情がやっと呑み込めてくると、驚きがあとから遅れてむくむくと湧き、津波のように襲ってきた。胸の中が波打つようで、和夫はやっと口を開いた。

「……お兄ちゃん、ずっと前から知ってたの？」

「うん。小さいときにあの人に会って、そのときに聞いた」

「俺、全然知らなかったよ」

旭川の母の実家に遊びに行くとき、正が滅多について来なかったのは、そんな事情があったからかもしれない、と今更ながら和夫は思った。

「カズはまだ小さいから知らせなくていいって、お父さんが言ったんだ。でも今日、稚内から帰ったら、お父さんたち、おまえにも教えるつもりだったんだぜ」

「今日？　どうして？」

「実は俺さ、明日、綾子さんと樺太に行くんだ」

「明日？　樺太に？　お兄ちゃん、樺太に何しに行くの？」

「遊びに行くんじゃないよ。あの人と一緒に、樺太で暮らすんだ」

「暮らすって……」

「あの人は、来月から樺太の郵便局で働くことになったんだって。若い人に仕事を教える大事な役目だから、お給料もいっぱいもらえるんだ。それで、一月《ひとつき》くらい前にあの人から手紙が来てさ、俺のこと引き取りたいって。俺、びっくりしたけどさ、お父さんもお母さんも、よく考えて決めなさいって、そう言ってさ。それで俺、行くことにしたんだ、あの人と一緒に樺太に。今日はあの人と稚内に泊まって、明日の朝早く、樺太行きの連絡船に乗るんだ」

　正が、一息に告げた。まるで、この数日間黙っていたすべてのことを一気に吐き出すように。

「お兄ちゃん、明日、本当に樺太に行っちゃうの」

「うん」

　正は頬を紅潮させて嬉しそうだった。

「だからおまえにも、今日の夜、お父さんたちが全部話すはずだったんだ。だけど、おまえがついてきたから……」

　大きな窓の向こうに青い海が見えた。船がきらきらと波を立てて遠ざかっていく。

　正は、あんな船に乗って、海の向こうの樺太に行こうとしていた。実の母親と一緒に暮らすために。

「……お兄ちゃん、よかったね」

「うん」

「あの人、優しそうな人だし」

気がした。

「へへ、そうかな、うん」

喜ぶべきことなのだ、そう頭ではわかっていても、和夫は目の前が暗くなるような気がした。

すっかり混乱したまま、和夫は、目の前の冷めたトーストを口の中に押し込んだ。冷めて固くなったトーストは、まるでゴムでも噛むようで、ちっとも美味《おい》しくなかった。知らぬ間に涙がこぼれた。

「もうお兄ちゃんに会えないの?」

「そんなことないよ。休みの日なんか、遊びに来るよ」

「でもさ、船に乗ったり、お金、かかるんでしょう」

「あ、そうだな……」

正は、はじめて気がついたように顔を曇らせ、言葉を濁した。

海の向こうに見える樺太。けれど、走っていける距離ではない。兄がよその子になってしまう、和夫は我が身を切られるような思いがした。

「俺も行きたい、お兄ちゃんと」

「一緒に行く？」

正が窺うように和夫を見た。正にしても心細かったのである。

「うん。お兄ちゃんと行きたいよ」

「俺から頼んでやろうか？」

「駄目って言うかなあ」

「平気さ。あの人、優しいもの」

正は自慢げにそう言った。

「樺太には、森とかツンドラとかあるんだぜ。トナカイもいるよ。札幌みたいな大きな街もあるんだって。一緒に行けば楽しいよ」

列車と船を乗り継いで知らない土地へ行く、少年の冒険心が掻き立てられる提案である。正に誘われ、和夫もその気になってきた。

「でも、お母さんが駄目って言うかなあ」

「たまに帰ればいいよ。うちが二つあるみたいにさ。お母さん、きっと許してくれるよ」

お母さん、と口にしたとき、和夫は急に今朝のことを思い出した。出がけに母と約束したことを。

——お父さんから離れちゃだめよ。ずっとくっついていなさい。

母はなぜか鬼気迫る様子で、和夫は思わずうなずいたのだった。

「俺、ちょっと、おしっこ」

和夫はレストランを飛び出すと、父を捜した。父から離れたことを母になんと言い訳しようかと、そればかり考えた。

父と綾子はすぐに見つかった。待合室に通じる誰もいない連絡船への乗り口で、話しこんでいるようだった。

近づこうとして、和夫は足を止めた。どうしてかわからない。だが、話しかけてはいけないと思った。

薄紫の銘仙がグレイの背広にぴったりと寄り添っていた。父の腕は綾子の背中に回されて、綾子は父の肩口に頬を寄せていた。

とっさに和夫は、待合室の柱の陰に隠れた。

綾子のよく通る声が、はっきりと聞こえてきた。

「ねえ、あなたも一緒に来て。樺太に」

父は黙ってうつむいていた。高い鼻梁《びりょう》の横顔が父とは別人のようだった。

「あなたとあたしと正と三人で、もう一度、やりなおしましょう、樺太で」

「正と、三人でか……」

「ええ、そう。最初からそのつもりだった。樺太に行くと決めたときから、あなたと一緒に行きたい、って。今日、あなたに会ったら、そう言おうと思っていたの。それなのに、あなた、和夫くんを連れてくるなんて」

「すまない、喜久子がどうしても、連れて行ってくれと」

「いいのよ。お喜久さんには感謝しているわ。今まで正を育ててくれて……。だけど、それとこれとは別だわ。あなたはあたしと一緒に行くべきよ」

「樺太か……」

父が、思いを馳せるようにつぶやいた。

和夫は、以前父が酔っぱらって、樺太の話をしていたことを思い出した。

樺太に行って勝負をかけてみたかった、大きなことをやってみたかった。樺太には、人もお金もどんどん集まってきている。新天地なのだから……。

そもそも父は、樺太に渡るために、故郷・山口を後にしたのだ。

お父さんは、今でも樺太に行きたいのだろうか。

和夫が考えていると、綾子が父を見上げた。

「あのとき別れてしまったけど、あなたを忘れたことなんかないわ。ほんの少しの行き違いで、あたしが家を飛び出してしまったから……」

「いや、僕のほうこそ……」

「今すぐでなくたっていい。和夫くんも一緒だっていい。とにかくあたし、正と二人でずっと待っているわ」

綾子が爪先立って、ついと父に顔を寄せると、吸いつくように唇を重ねた。

まるで、太く頑丈な木の幹に、昼顔の蔓がたおやかに絡みついていくかのように。

それは美しい光景のはずだった。しかし和夫の目には、汚らわしい行為にしか映らなかった。

こんなの、お父さんじゃない。

和夫の知っている父親は、田舎の分校で生徒たちに囲まれて声を張り上げていた。集落の人々から、先生、先生と尊敬されていた。人けのない連絡船乗り場で、きれいな女と抱き合うことなど、あってはならなかった。たとえそれが、かつての妻だったとしても。

和夫は、背後で誰かが息を呑む気配を感じて振り返った。

正だった。

ついさっきまで、生みの母親と樺太に行くのだと言って紅潮させていた頰は、あおざめていた。

「カズ、行こう」

兄弟は静かにその場を離れた。


「お兄ちゃん、お父さんも樺太に行くの？　あの人と一緒に」

「まさか、知らないよ」

「だけど……」

「だって、お父さんまでいなくなったら、うちはどうなるのさ」

正は取り乱していた。まるで帰るべき家を取り上げられて、路頭に迷ってしまった子のように。

「俺は、綾子さんが一人で樺太に行くのは可哀想だって、そう聞いて、一緒に行くって決めたんだ。あの人が俺の本当のお母さんだから」

本当のお母さん。

和夫は、急に昨夜のことを思い出した。

「お兄ちゃん、あのね、ゆうべ夜中に、お母さん泣いてたよ」

「えっ、どうして」

「どうしてか知らない。だけど泣いてた。台所で、一人でしゃがんでた」

正は考え込むように、その場に佇《たたず》んだ。

正の黒い髪がつやつやと輝いていた。和夫は、出がけに母親が、正の髪をしつこいほど撫でていたのを思い出した。笑顔をみせていたけれど、堪《こら》えるように唇を引き結んでいたことも。

そのときである。突然、待合室の奥から、恰幅のいい中年の紳士がすごい勢いで走り出てきた。

「お母さん！」

紳士は一声、そう叫んだかと思うと、待合室に入ってきたばかりのやや腰の曲がった老婆へと、まるで小さな子どものように一目散に駆け寄っていった。

「お母さん、会いたかったよ」

紳士の大きな手が、老婆の背中を労《いたわ》るようにさすった。

それは丸い背中であった。粗末な着物に包まれ、少し疲れた、だが優しい背中だった。

紳士と老婆の後ろ姿を見ているうちに、和夫は思い出した。

稚内港北防波堤。あのなだらかなカーブ。

そのとき、正がぼそっとつぶやいた。

「防波堤のさ、カーブ、何かに似ていると思ったら、うちのお母さんの背中に似てないか?」

「お母さん?」

眼前の見知らぬ老婆の背中に、見慣れた母のそれが重なった。

「ちょっと傾《かし》いでて、丸くてさ」

「あ、そうだね、似てる、似てる。丸くて、ちょっと猫背でさ」

「猫背の防波堤だ」

正と和夫は顔を見合わせて笑った。

二人は思い出していた。母の丸い背中に乗ったり、ときには胸に抱かれたり、常に母に守られて、大きくなったのだということを。その丸い背中に向かって、「お母さん」と呼んで育ったということを。猫背の背中は、和夫たちがどんなに暴れてぶつかっても受け止めてくれた。しなやかに、揺るぎなく。

紳士は老婆の背を撫で続けていた。

正と和夫は、ただ黙ってしばらくの間、その光景を見つめていた。

レストランに戻ると、父と綾子が心配そうに待っていた。

「どこに行っていたんだ」

「おしっこだよ」

和夫はぶっきら棒に答えてから、照れくさくなって舌を出した。

「まあ、和夫くんったら」

綾子が身をよじって笑った。その仕草に、ついさっき見た父との抱擁を思い出し、和夫は彼女から目をそらした。

正は浮かない顔をしていた。

「どうかしたの、正ちゃん」

綾子が正の顔を覗き込んだ。うつむく正の横顔は、だんまりを決め込むときの父にそっくりだった。

「どうした、正」

父が聞いても、答えない。正は唇を噛み、額に汗を滲《にじ》ませて、答えの出ない難問に押しつぶされようとしていた。

綾子が、ふいに和夫へと誘うような視線を投げかけた。

「ねえ、和夫くんも、樺太に遊びにいらっしゃいね。よかったら……」

「俺、行かない」

ほとんど叫ぶように和夫は口走っていた。言ってしまうと、まるで自分の発した言葉に煽られたかのように頭がかっと熱くなり、言葉が次々にほとばしり出た。

「俺、行かない。絶対行かない、行くもんか」

そんなことを言うつもりなど、毛頭なかった。むしろ未知の土地へと気持ちは傾いていたはずだった。

綾子と父との抱擁を見るまでは。

正は綾子と行くだろう。もしかしたら父も。けれど自分は留まらなければならないと思った。それは家で待つ母のためでもあり、またもっと別の何ものかのためであるような気がした。自分が留まらなければ、綾子はその美しい手で、その何ものかを根こそぎ引っこ抜いていく、百姓が真夏の雑草を引き抜くように容赦なく、そう思った。

和夫の強い調子に、綾子は面食らったようだった。正は、まるで兄弟が逆転したかのように、すがるような目で和夫を見ていたが、やがて立ち上がった。そして綾子へ、意を決したように口を開いた。

「あの、ぼく……」

その後が続かない。すると綾子が沈黙を引き取って、さらりと告げた。

「正ちゃん、あなたね、やはりここに残りなさい。樺太には、あたし一人で行くことにする」

「え……」

「あなたは今までどおり、ここで暮らすの。そのほうがいい。そうなさい」

「……はい」

正は、肩から大きな荷を下ろしたかのように呆気なくうなずいた。

「綾ちゃん、いいのかい」

父の問いかけに、綾子はぎこちない微笑《ほほえ》みで答えた。そして正と和夫に語りかけた。

「あたしの祖父はね、四国の人なの。高松。栗林《りつりん》公園のそばよ」

リツリン公園というのを、和夫は知らなかった。しかし、知らない土地の話を聞くうちに、高ぶっていた気持ちが次第に凪《な》いでいった。正も興味深そうに耳を傾けている。

「お侍だったと聞いたわ。家は代々、殿様のお側近くに仕えたんですって。だけど時代が変わって、祖父は新天地を求めて函館《はこだて》に渡ったの。そこで父が生まれて、父は成長すると札幌へ出たの。北海道の首都で商売を始めて、それから旭川に移ったと聞いたわ。あたしが生まれたのも旭川。あたしはそれから、道東を転々として、とうとう樺太に渡ろうとしている……血筋なのかもしれないわね。一所《ひとところ》にじっとしていられない。しかも、どんどん北上している。でもそんな人はたくさんいるわ」

綾子は問いかけるように、正と和夫を等分に見た。

「なぜかしら、人が北へ北へと向かうのは。北極星にでも惹かれるのかしら。そこに何か、新しいものが待っていると思うのかしら」

窓外へ向けた綾子の瞳は揺れていた。まるで宗谷《そうや》の海を映しているかのように。

「限界を覗いてみたいのね。ぎりぎりのところで、自分を試してみたいのかもしれない」

それからしばらくの間、とりとめのない話をして、四人は席を立った。

レストランを出るとき、綾子が、

「いいわね、兄弟って。同じ根っこで繋《つな》がっているみたい。引き離せやしないわ」

と父に向かって言うのを和夫は聞いた。

綾子は駅まで見送りに来た。

汽車が動き出すと、綾子は笑顔で手を振った。正はうつむいたまま、とうとう手を振り返すことをしなかった。そういえば、正は一度も、綾子を「お母さん」と呼ばなかったな、と遠ざかる小さな影を見ながら和夫は思った。

帰りの列車はのろのろと遅かった。

家に帰りついた頃、日はとっぷり暮れていた。小学校と棟続きの官舎から、ほのかな明かりがもれていた。草むらから虫の声がした。道北には、すでに秋が忍び寄っていた。

「ただいま!」

和夫と父、そして最後に正が顔を見せると、母が目を丸くした。

「あんた、どうしたの、正。稚内に泊まるはずじゃ……何かあったのかい?」

正は申し訳なさそうに告げた。

「あのさ、俺、樺太、行くのやめちゃったの」

母は言葉もなく、その場に突っ立っていた。わなわなと唇を震わせて。

「ごめんね、お母さん。でも、俺、うちにいたい……駄目かな……」

「駄目なわけ、ないでしょう!」

そう叫ぶなり、母がわっと泣き出した。正も和夫も驚いた。そんなふうに母が大声を出して泣くのを、はじめて見たのだ。

「ごめん、お母さん、ごめんね」

正がおろおろすると、母が激しくかぶりを振って言った。

「馬鹿だね、謝ることなんか、なんもないんだよ、あんたのうちはここなんだから……」

そう言って母は両手で顔を覆い、その場にしゃがみこんでしまった。

母は嗚咽《おえつ》の合間に、ありがとう、ありがとう、と繰り返していた。

「泣かないでよ、お母さん」

正が母の背を撫でた。なだめるように、そっと優しく。

翌日の朝早く、和夫が目を覚ますと、正の布団が空だった。

遠くで汽笛が鳴るのが聞こえた。

眠い目をこすりながら外に出てみると、正が寝巻のまま学校の屋根に上がり、北のほうを眺めているのが見えた。

稚内行きの列車が煙を上げて走っていくところだった。それは樺太行き連絡船の接続列車だった。間もなく綾子が乗るはずの連絡船である。本当なら、正も一緒に、その船に乗るはずだった。

屋根の上で、正は声を上げて泣いていた。

空をゆく一片の雲のように、正の心の一部が千切《ちぎ》れて、生みの母を追っていったのかもしれない。

残ることを選んだが、生みの親が恋しくないはずがなかった。

ずっと後になって、父が兄弟に語ったことによると、綾子は、当時の正太郎たちの不自由な生活を見かねて、正を引き取る決心をしたのだという。確かにその前年、母は生まれたばかりの赤ん坊を医者に診せることもできずに亡くしていた。綾子は人づてにそれを聞いたのだ。綾子は綾子なりに、正を守りたかったのだろう。

それが、兄弟が綾子に会った最後である。

それから間もなく、父は道央に転勤になった。その頃戦況が悪化して、樺太行きどころではなくなった。

綾子は終戦の年に死んだ。

ソ連兵が樺太に押し寄せてきたとき、綾子は西海岸の真岡《まおか》にいたらしい。ソ連兵の凌辱《りょうじょく》を恐れて郵便局勤めの乙女たちが自決した、あの真岡である。綾子がその頃まで郵便局にいたのかどうか定かではないが、引き揚げ船の順番を他人《ひと》に譲って、最後まで樺太に残り、果てたという。

戦後、和夫は父に聞いてみたことがある。

「お父さん、樺太に行きたかった？」

道央の小さな学校で校長を務めていた父は、校庭に続く野原を見渡し、

「さあ、どうかな」

とつぶやいた。

目の前には、大海原みたいな果てしないコスモス畑が広がっていた。道北で見たのとよく似た景色だった。

誰が植えたわけでもない、どこからか種が飛んできて根を下ろし、寄り添って花を咲かせた大地の宇宙《コスモス》。どの種も、それぞれの天涯を目指してここまでやってきたのだ。

家のほうから、母が父を呼ぶ声がした。

「ああ、今行く」

父が答えて、草原の中をゆっくりと歩き出した。

まるでコスモスの一本のように、父の背中が揺れていた。

壮年になって、正と和夫は二人揃って稚内を訪ねた。宗谷海峡に花を手向《たむ》けにいったのだ。

昭和五十年（一九七五年）、終戦から三十年が過ぎていた。

戦後、樺太との行き来がなくなると、稚内桟橋駅はその役目を終えた。施設は防波堤も含め、倉庫や石炭置き場として半ば放置されていた。

「桟橋に行ってみようか」

と言い出したのは正である。

「おう、いいよ」

と和夫は答えた。

和夫は道北で酪農業を営み、正は札幌で官吏《かんり》をしている。普段は滅多に会うこともなくなったが、こうして顔を合わせれば、少年時代の呼吸が戻ってくる。

駅舎跡は廃墟そのものだった。壁や骨組みこそ残っていたが、崩れたコンクリートや塵芥《じんかい》がうずたかく積み重なり、かつての華やかな面影は全くない。

「そういえば、ここでトーストを食べたよな。覚えてるか？　うまかったなあ」

　正が懐かしそうに言った。

「うん。あんなうまいもん、後にも先にも、食ったことがねえよ」

「バターナイフでパンを切ったっけ」

「ぜんぜん切れなくて、ぐちゃぐちゃになったな」

「親父のやつ、奮発したんだな。綾子さんにいいところを見せたかったんでないのか」

「きっとそうだ、俺もそう思ってた。気障《きざ》だったからな、親父は」

　そのとき、がさがさっとものすごい音がして、兄弟は身構えた。次の瞬間、二人の目の前を太った鼠《ねずみ》が一匹、塵芥の中を掻き分け、泳ぐように走り抜けていった。尻尾を高く掲げ堂々と、まるで、ここは我が城である、とでもいうように。

　正が溜め息まじりにつぶやいた。

「まるで浅茅《あさじ》が宿《やど》だな」

「そのうち崩れるんでないか」

「いや、その前に解体されるだろうな。崩れたら危険だ」

官吏らしい口調で正が言った。

「そうか。なくなるか。なんか虚しいな」

「仕方ないさ。古いものは用なしだから、壊す」

「シビアだな」

「俺は役人だからな、現状はわきまえているつもりだ。東京オリンピックからこっち、日本は大改造だ。海は埋め立て、陸には高速道路。東京の日本橋なんかみじめなものさ。長崎の出島も、小樽運河も、邪魔者扱いだ。この防波堤だって……昨今の風潮だ」

寂しそうに正が言った。

防波堤の周囲は立ち入り禁止になっていた。壁面のコンクリートは無残に剥げ落ちて、至るところにひびが入り見る影もない。それでも防波堤は、老いてなお、激しい波浪から何か大切な物を守ろうとするかのように、丸い優しい背を屈めて立っていた。

「さらば、猫背の防波堤」

正がつぶやいた。

富川兄弟の予想に反して、今もなお、稚内港北防波堤はその雄姿をとどめている。昭和五十五年（一九八〇年）、三年の工事を経て見事に復元されたのだ。解体ではなく、復元して保存するべきだという、地元民を含めた人々の熱意の勝利であろう。慧眼である。

＊

かつてのアメリカ大陸で人々が西を目指したように、日本の開拓者は北を目指した。夢と文化を引き連れて。防波堤はその確かな証《あかし》だ。

海を隔てた領土を失い、鉄路さえ奪われ始めた最果ての地は、さびれ、様変わりした。にもかかわらず、防波堤は立っている。北へ、長い旅を経てたどり着いた無数の種を守るかのように、しなやかに、揺るぎなく。

猫背の防波堤に見守られ、大地の種は今も息づいている。

小さい予言者

第一章　予言

人は生まれてから死ぬまでの間に、いったいどれくらいの人間とめぐりあうのだろう。

一千人、一万人？　そんなものではきかない。

無数の人々と出会っては別れ、やがては忘れてしまう。縁が切れてしまえば、思い出すこともない。

だがごく稀《まれ》に、強烈な印象を残す人間がいるものだ。

清水範夫《しみずのりお》は中年を過ぎた今になっても、折に触れ、ある少年のことを思い出す。

こんなとき、アイツならどうするだろう。アイツなら、なんと言うだろう。

彼は一つの小さなスケールのように、範夫の胸の中に住みついていた。

ちょっと規格外に過ぎる、スケールだけどな。

彼のことを思い出せば、皮肉な笑いが込み上げてくる。そしてほんの少し、胸がしめつけられるようなほろ苦さに襲われる。

どこでどうしているのやら、もう会う手段《すべ》もない。

せめていつか訪ねてみたい。かつてアイツのいた、あの街を。

上空知《かみそらち》の街を。


アイツと初めて出会ったのは、風呂だ。

昭和十六年（一九四一年）、範夫は国民学校四年生、今でいう小学校四年生だった。教師だった父親に伴われて、三年生の終わりにその土地に越してきた。

北海道中央部、S町の東部に位置する上空知。炭鉱で栄えた街である。

炭鉱というところは厳格な階級社会である。全く、時代錯誤なほどに。

鉱山会社の社員と、地の底にもぐって作業をする坑夫とは、武士と百姓くらいの身分差がある。もっともその差別も、更にその下のタコと呼ばれる最下層の労働者、そして中国人や朝鮮半島出身の労働者に対する激烈な差別には、遠く及ばないのだが。

身分によって居住地域が決まっている。まるで旧態依然の身分制社会である。

上空知駅に近い駒《こま》が台《だい》や朝陽台《あさひだい》には、上級社員のための住宅がゆったりと間合いをとっている。山あいや低地の中町、本町、奥沢、東町などには、主に坑夫の炭鉱住宅、十軒長屋の炭住《たんじゅう》が押し合いへし合いしていた。

石炭の街につきものなのが、風呂である。各地区には大浴場が備えてあり、それぞれが居住地の、身分に応じた風呂を使うことになっていた。

ただし、範夫のような教師の子どもたちは例外だった。教師の家族は、炭鉱独特の階層社会から、なぜか外れていたのである。だから範夫は、社員の子どもらと遊ぶかたわら、坑夫の子たちとも遊んだし、その子たちと一緒に、あらゆる地区の風呂に入ることもできたのだ。

その日、範夫はいつものように、居住している東山《ひがしやま》地区の浴場に向かった。仲間たちも一緒である。

東山地区の浴場は、坑夫用の大浴場に比べるとさほど広くない。ただし、石鹸や髭剃り、それから子どもには使い方がよくわからない備品がふんだんにあり、すみずみまで清潔で立派だった。初めて足を踏み入れたとき、範夫は貴賓室《きひんしつ》にでも紛れ込んだように緊張したものだった。

東山に住むのは中級社員と教師たち、いわば炭鉱の中流階級だった。当然、風呂には、地区に暮らす顔見知りの子どもしかいない。

だから、脱衣所に一人だけ見慣れない少年がいることに、誰もがすぐに気がついた。

「アイツ、誰じゃ」

クラスメートの亀田虎吉《かめだとらきち》、通称・亀虎が、範夫を小突いた。九州、三池《みいけ》炭鉱生まれの亀虎は、血の気が多い。ときどきお国訛《なま》りが顔を出す。餓鬼大将の亀虎と優等生で級長の範夫とが、当時、仲間内を仕切っていた。

「知らねえよ、おい、誰か、見たことないか」

「ない」

「ないよ」

仲間たちが、次々に首を横に振った。

少年はすでに裸で、手に真っ白なタオルをさげていた。範夫と同じ年頃だろうか。背丈は低いが、均整の取れた敏捷《びんしょう》そうな体つきである。

範夫たちがじっと見ていると、少年が振り向いた。そして突然、にっと笑ったのだ。まるで赤ん坊みたいに真っ直ぐに。

誰もがふいをつかれて、たじろいだ。少年はその隙に、きょろきょろしながら浴場に入っていった。

「なんだろう、アイツ」

「奥沢か東町のヤツかな、だったらとっちめてやる」

ごくたまに、坑夫長屋の悪ガキが社員用の風呂にもぐりこんで、つまみだされることがあるのだ。

範夫たちは、ヤクザの出入りさながら、ぞろぞろと浴場に乗りこんでいった。

くだんの少年は、磨きたてられた湯船にちんまりとつかっていた。

「おい」

「はい」

亀虎が鋭い声で威嚇《いかく》しても、少年は物怖《ものお》じもせず、はきはきと答えた。

「見ん顔じゃ、どこに住んどる」

「実は、まだ決まっていないんだ。引っ越してきたばかりだから。ぼく、よくわからなくて」

そう言って少年は、心細そうに眉を寄せた。

範夫は、なんとなく気の毒になった。範夫も、教師である父親の赴任に伴い転校が多かったので、越してきたばかりの不安な気持ちはよくわかる。

少年の表情は哀れを誘った。他の子どもたちも同情したのだろう。それまでの勢いはどこへやら、しぼんだように少年を見つめている。

「はい。着いたばかりで、父も母も忙しくてね、風呂に行ってこい、って言われて、ぼく、一人でおん出されちまったのさ」

少年は、いかにも困りきったふうに両手で頭を抱え、白目をむいて、いきなりぺろりと舌を出した。その仕草が滑稽で、範夫たちは笑った。少年も照れたように、えへへと笑った。人懐《ひとなつ》こい笑顔だった。

突然少年が、ざぶん、と音をたてて湯船から上がると、亀虎のうしろについた。

「背中、流してやるよ」

「え、いいのか」

「お近づきのしるしに」

少年がおどけてそう言うと、亀虎は照れくさそうに背中を向けた。

「次は、きみだ。お近づきのしるしに」

亀虎が終わると、範夫の番だった。

少年は力が強かった。大人に背中をこすられているようだった。

「じゃ、今度は俺が、お返しじゃ」

亀虎が少年の後ろについた。そのうち皆が面白がって、あちこちで背中の流しっこが始まった。

やがて大人たちの姿が見えはじめて、範夫たちは浴場を後にした。

「じゃあ、またな」

「おう、またな」

範夫たちは少年と、旧知の間柄みたいに手を振り合って別れた。

「アイツ、けったいなヤツじゃ、えーと……おい、名前聞いたか、アイツの」

「あ、聞くの忘れた」

「よかよか、どうせまた会う」

「何年生かな」

「四年か、五年だろ。六年生にしちゃ、小っさいけ」

はしこそうな目をした少年は、子どもにしては精悍《せいかん》すぎるほど整った顔だちをしていた。それでいて、ぎゅっと実の詰まった茱萸《ぐみ》の実みたいに小さくて、どこかに弾けて飛んでいきそうに威勢がよかった。

「同じクラスになったりして」

「そしたら、仲間にしてやろうぜ」

ところが次の日、範夫のクラスに転校生は来なかった。他のクラスや五年生にも聞いてまわったが、やはり新顔は来ていない。近所で引っ越しがあったとも聞かなかった。

放課後になると、範夫たちは誘い合って、朝駒《あさこま》倶楽部に行くことにした。駒が台地区にある、社員用の倶楽部である。

そこは映画室やレストラン、サロンも備えた一種の社交場であった。浴場も、他の地区より格段に豪華である。社用の接待にも使われるのだ。サロンでは、日本の雑誌や様々な書籍だけでなく、外国の書籍も自由に見ることができたので、社員の子どもたちのたまり場にもなっていた。

倶楽部に行くと、なんとサロンに例の少年の姿があった。「少年倶楽部」を読みながらくつろいでいる。

少年は範夫たちと目が合うと、

「やあ」

とすまして声をかけてきた。

「なんだ、おまえ、こんなところにいたのか」

「うん、父に、倶楽部に行きなさいって言われたんだ。こっちの風呂を使うようにって」

とすると、少年は上級社員の子弟なのだろう。父親は幹部なのかもしれない。炭鉱会社の社員は、亀虎の父親のように九州の鉱山や東京から転勤してくることが多い。少年の口振りは東京者のようだった。

範夫は気圧《けお》されるような気がした。そうでなくても、その少年には、一種の風格みたいなものがあった。

だが亀虎はお構いなしだった。

「今日、学校に来なかっただろう」

肩をそびやかして亀虎が問い詰めると、少年は笑いながら答えた。

「そんな急には決まらないさ。ぼく、まだ来たばかりだよ。手続きがいろいろと煩雑《はんざつ》でね」

少年の言い分は理路整然とおとなびていた。範夫は、せっかちな自分たちがいかにも子どもっぽくて、恥ずかしくなった。

少年は深刻そうに小声で付け加えた。

「それに、なんだか会社で手違いがあったみたいでね、まだしばらくは、このまんまみたい。父も母も、てんてこ舞いなんだ。おかげで、ぼくのことはずっと放ったらかしさ、クラスも決まんないし、全く、嫌んなっちゃう」

「そうか、たいへんだね」

「うん、落ち着かないよ」

帰り際に、翌日の放課後、神社の境内《けいだい》で遊ぶ約束をした。

少年は、すぐに範夫たちの仲間にとけこんだ。それどころか、いつのまにか遊びの先頭に立つようになった。かけっこをすれば足が速いし、缶蹴りでも負け知らず。しかも話が面白かった。

「上空知に来る前は、どこにいたのさ？」

「うーん、南のほう」

「南って、九州？」

「もっと南さ」

「九州より南って、どこさ」

「南極」

「嘘だー」

皆が口々に言い立てると、

「本当だよ、おまえら知らないのか、南極大陸。ぼくはそこで、南極観測隊の下働きをしていてね。子どもだから大したことはできないよ。芋の皮をむいたり、皿を洗ったりさ。ペンギンを飼っててね、毎日餌をやるのも、ぼくの仕事だったよ。雛《ひな》が生まれたときは、可愛かったな……」

仲間たちは、半信半疑で聞いているうちに、いつのまにか引き込まれていた。

そんな調子で、少年のほら話の舞台は、あるときはアメリカだったり、ドイツだったり、南洋の小さな島だったりした。

少年はいつも手近な棒切れを手に持ち、さかんに振りながら話した。指揮棒のように振るのである。そうすると、小柄な少年の体が、不思議と一回《ひとまわ》りも二回《ふたまわ》りも大きく見えるのだった。

範夫たちは、その手の動きに魅入られたように彼の話に聞き入った。

仲間たちは、少年のことを誰からともなく、「タクト」と呼ぶようになった。

タクトは五年生だった。範夫たちの一級上である。

それにしても、彼は博識だった。

朝駒倶楽部のサロンに出入りする中学生たちとも、物怖じせずに接した。その中には、亀虎の兄、亀田辰吉《たつきち》、通称・亀辰や、範夫の兄の武夫《たけお》もいた。

旧制中学は、今でいう中高一貫教育である。進学率が低かった当時、中学生はちょっとした地域のエリートだった。特に彼らが通う旧制滝川《たきかわ》中学校は、近隣でも名門の誉《ほま》れが高かった。

昭和十二年（一九三七年）七月の盧溝橋《ろこうきょう》事件を皮切りに日中戦争が拡大していた。戦時体制下の経済統制が、庶民の生活を圧迫するようになっていた。

だが、上空知は違った。よそとは、まるで別世界のようだった。

戦争の拡大は、すなわち石炭の増産、そして炭鉱の繁栄につながったからである。上空知は炭鉱王国だった。王国の主は、財閥系の三井鉱山会社。財閥の資金力と、むしろ平時よりも手厚い国家の保護のもと、大勢の社員と坑夫が雇用され、街はみるみる膨張していったのだ。

なだらかな山の裾野を覆い尽くすように、見渡す限り広がる長屋式の炭住。鉄道線路には、ひっきりなしに石炭列車が行き来する。

炭住には、電気水道完備、しかも燃料はタダ同然で使い放題。北海道の田舎では、まだランプの灯りに井戸水の生活が当たり前だった頃に、まるで夢のような暮しである。

上空知第一国民学校は、広大な敷地に、まるで兵舎のような四角い棟が十ばかり並んでいた。昭和四年に、古い校舎が火事で焼失したとき、三井鉱山会社が十五万円という大金を負担して新築した校舎だった。

全校生徒は、高等科を除いても三千人超。一クラス五十人が十クラス規模の、まさにマンモス校である。

天井の高い屋内運動場が二棟、離ればなれにそびえ立っている。それぞれの運動場で、毎週のように上映会が催され、子どもたちは楽しみにしたものである。ニュース映画だけのときもあれば、『空の少年兵』、『ハワイ・マレー沖海戦』といった有名映画が、一般に先駆けて上映されることも珍しくなかった。専用映写室には、スタッフが常駐していたのだ。上空知炭鉱ならではだった。

理科室には、ビーカーやフラスコなどの器材や薬品類がふんだんに用意されていて、かなり高度な実験もできた。裏山には屋外アスレチック運動場まで備えてあった。近在の国民学校の中でも破格のレベルを誇っていた。

娯楽施設にも事欠かなかった。テニスコートに野球場、陸上競技場、子どもには無縁だったが、神社の裏には高級社員専用の、要するに接待のためのゴルフ場もあったという。

周辺には、他にも住友や三菱という財閥系の炭鉱がいくつもあったが、福利厚生の面では、三井の上空知が間違いなく際立っていた、と範夫は思っている。まさに炭鉱王国だった。

中学生たちは、倶楽部のサロンで輸入品の英語の雑誌を読みふけった。炭鉱の子どもたちは、学校の運動場で見る映画の他に、倶楽部で字幕付きのアメリカ映画を鑑賞することもできた。財閥の幹部をしている父親たちから、海外や中央の情報がふんだんに入ってくるせいか、中学生たちは知的で早熟だった。喧々諤々《けんけんがくがく》、世界情勢を論じた。その年の十二月に、太平洋戦争が始まることになるのだが、開戦後も、英語の授業は変わらず行われていたと範夫は記憶している。米英と戦うなら、なおさら敵国語を解する必要があるという理屈だったように思う。

あるとき倶楽部でアメリカ映画を見ていると、タクトが急に、弁士のように大声でしゃべりはじめた。

「ああ、愛しいあなた、早くこっちへいらして、さあ、早く……」

しかも色っぽい美人女優の声色《こわいろ》で、字幕にはない、きわどいセリフを次々と繰り出すのである。

「いいぞ、もっとやれ！」

「黙れ、こらっ！」

笑い声と怒声とで、場内が騒然とした頃、

「ぼくは、これにて失敬！」

言い置いて、タクトはとっとと逃げ出してしまった。

「アイツ、面白いな、生意気だけど」

兄の武夫は、タクトを気に入ったようだった。

「小学生のくせに、英語がわかるんだな。恐れ入ったよ」

「えっ、でたらめじゃなかったの？」

「いや、正しい訳だ。字幕では省略されていたけどね。いったいなんなんだ、アイツ」

「さあ、社員の子だから、家庭教師でもついていたんじゃないのかな」

「中学に来たら、ブラスバンドに入れてやってもいいや。リズム感が良さそうだし、センスがいい。楽器くらいできそうだぜ、ヤツは」

武夫は音楽が好きで、中学ではブラスバンドを主宰していた。オルガンも弾けば、自ら指揮棒も振るのだ。

「そうだね。だって、アイツ、タクトだもんね」

範夫は、まるで自分が褒められたかのように高揚した。


範夫のクラスに、いじめられっ子が一人いた。

いつも薄汚れた身なりをした、坑夫の子だった。

学校の帰り道、数人の、やはり坑夫の悪ガキたちに、小突かれたり蹴られたりしているのを見かねて、ときどき範夫は、その子を家まで送っていくことがあった。

大それた正義感なんてものではなく、その子があまりにみじめったらしく、とにかく見ていられなかったのだ。

みちみち彼と何を話したのか、何も話さなかったのか、今では全く思い出せない。

彼の家に上がったこともなかったはずだ。親に会ったこともない。たぶん彼の父親は坑夫で、地底にもぐっていただろうし、母親は選炭婦《せんたんふ》で、日がな一日、真っ黒になって働いていたのだろう。兄弟がいたかどうかもさだかではない。

彼の住まいは、坑道のすぐ脇の中町、十軒長屋だった。路地は狭く、社員の地区と比べると、どこか雑然としていた。

だから、その路地でタクトとばったり出くわしたとき、範夫は仰天した。

「タクト、おまえ、どうしてこんなところにいるんだよ」

「きみこそ、何してるのさ」

タクトは涼しい顔で聞き返してきた。

範夫の隣では、坑夫の子が不思議そうに範夫たちのやりとりを見つめている。

範夫はタクトの腕をつかんで、炭住の脇に引っ張っていった。

「おい、一人でこんなところへ来ちゃ、まずいよ」

社員の子どもはこの地区には立ち入らない。そういうしきたりだった。よそ者だとばれたら、十軒長屋の血の気の多い悪ガキに袋叩きにあうだろう。

「どうしてまずいの。きみは平気なのに」

「俺は平気だけどさ」

「なら、ぼくだって平気だ」

範夫の心配をよそに、タクトはどこ吹く風と冷静だった。

範夫が引っ越してくる前は、坑夫と社員の子どもたちが別々のクラスに分かれて勉強していた。あからさまに差別があった。若い教師たちが差別撤廃運動を起こしたおかげで、坑夫の子も社員の子も同じクラスで机を並べるようになったのだ。だからといって、急に差別はなくならない。

坑夫の子が近づいてきて、おずおずと口を開いた。

「なあ、ノリちゃん、その子、誰？」

「友だちだ。転校生なんだ。まだ来たばかりだから、道に迷ったんだよ」

タクトが範夫を押しのけ、坑夫の子に笑いかけた。

「やあ、きみはこの町の子？　よろしくね」

坑夫の子は顔を真っ赤にすると、好奇心丸出しで、タクトをじろじろ見つめて言った。

「ノリちゃんの友だちなら、一緒に風呂に行こうよ」

その言葉にタクトの顔がぱっと輝いた。

「えっ、風呂？　きみたちこれから風呂に行くのかい？」

「うん。うちの町の風呂、すごく大きいんだよ。びっくりするよ」

坑夫の子が自慢げに言うと、タクトは身を乗り出した。

「そうなの？」

「そうさ。洗い場は運動場みたいだしさ、湯船だってプールみたいだよ。あ、ねえ、太陽灯って知ってる？」

「知らない。何それ」

「あのね、えっと……風呂にあるんだ。見ればわかるよ。行こうよ」

坑夫の子は珍しく饒舌《じょうぜつ》だった。どうやらすっかりタクトを気に入ったらしい。タクトには、会う人の気持ちを和ませるようなところがあった。

「ぼく、行きたい。一緒に行ってもいいかな」

人懐っこい笑顔を向けられて、範夫は仕方なくうなずいた。

「よし、じゃあ急ごうぜ」

夕刻を過ぎると、仕事上がりの坑夫たちが、続々とやってくる。それより前が、子どもたちの時間である。

風呂の近くまで来ると、

「よぉ、ノリ」

「ノリちゃん、こんちは」

顔見知りの少年たちが次々に範夫に声をかけた。皆、坑夫の子どもたちである。

「よぉ、みんな、こいつ、ノリちゃんの友だちだ」

坑夫の子が、なぜか誇らしげにタクトを紹介すると、少年たちは値踏みするようにタクトを囲んだ。タクトは一同を見渡した。そして、場違いなほど無邪気な笑顔をみせた。

「よぉ、兄弟」

　タクトがおどけてそう言った。それは、つい最近学校で上映された映画のヒーローそっくりの言い回しだった。少年たちは一気に表情を緩めた。

「おまえ、物真似うまいな」

「かたじけない……杉作《すぎさく》、馬をひけ、馬を！」

　タクトが、今度はチャンバラ映画のように、ひらりと馬にまたがる身振りをした。まるでその場に本当の馬がいるかのように、タクトは高く跳んでみせた。

「おおっ」

　と少年たちが歓声をあげた。

「すげえな、おまえ」

「どうってことないよ」

　少年たちとタクトは、いつのまにか旧知のように肩を組みあって歩き出していた。坑夫用の大浴場は、とにかく広かった。範夫は正直、坑夫の風呂が一番好きだった。大ゆったりとした湯船につかり、もぐったり、友人たちと水をかけあったりした。大声を出すと、洞窟にいるみたいに盛大に反響するのも楽しかった。歌を歌うと、なぜか歌手みたいにうまく聞こえるのもいい。

極めつきは、休憩所に備え付けられた太陽灯である。

地下で働く坑夫は、どうしても日照不足になる。太陽灯は、それを補う機械だった。大きな裸電球みたいなもので、紫色の光が出た。人工的に日焼けができるという。子どもたちも面白がって順番に浴びるのだ。

「タクト、おまえもやってみろよ」

範夫たちがすすめると、タクトはためらいもせず、裸で太陽灯に向かった。

「うわ、なんか熱いや。ぼく、アジの開きになったみたい、アチチチ、おいしそうに焼けてきました、はい、裏っ返し！」

ふざけるタクトに、子どもも大人も大笑いした。

風呂から上がって坑夫の子たちと別れると、範夫はタクトを購買へ誘った。

「ここは、何？」

「鉱山会社の購買だよ」

そこは、炭鉱関係者が利用できる、いわば雑貨屋である。手拭いからおやつまで、なんでも売っていて、しかもよその個人商店で買うより割安である。

切符を出して購買で買い物をする範夫を、タクトは珍しそうに眺めていた。

「川向こうにも店はあるけどさ、あんなところ、誰も行かないよ。ここにはなんでもあるし、なんたって安いからね」

「ふうん」

上空知の川向こうには、様々な店が軒を連ねる商店街があった。農家や果樹園も付随した、鶉《うずら》という集落だ。そもそも炭鉱の客を見込んだ商店街だったらしいのだが、範夫たちはほとんど足を運ばない。どことなくさびれたこの集落を、炭鉱の人間は見下しているところがあった。

いつもの神社の境内まで行って、購買で買った飴玉をしゃぶっていると、タクトが言った。

「上空知の炭鉱って、なんでも立派で進んでいるかと思ったけど、ずいぶんと、くだらないしきたりだらけなんだな」

「くだらないって、何が」

「行っちゃいけない場所とか、遊んじゃいけない人とかさ。案外不自由なんだな」

範夫は意外に思った。炭鉱での毎日は便利で快適だった。不自由だと思ったことなどなかったのだ。タクトは更に続けて言った。

「不自由で、なんていうか、街全体が工場みたいだ」

「工場みたいって？」

「上空知石炭増産工場」

「そうかな」

範夫は上空知にすっかり慣れていた。だが言われてみると、上空知以前に住んでいた北海道の田舎とは、少し違うのかもしれないと思った。

「でも、ノリちゃんは自由だよね」

「俺？」

範夫は、自由という言葉が、いきなり自分に向けられたことに驚いた。

「どこにでも行って、誰とでも遊ぶじゃないか」

「うん、そうだけど、自由ってほどでもないや」

「自由だよ。ノリちゃんには、自由の素質があるのかもしれないな」

「なにそれ、ソシツって」

タクトは範夫の問いには答えず、続けた。

「自由って、なかなか手に入るものじゃないよ。ノリちゃんには、まだわからないのさ。奪われたとき、初めてその価値がわかるんだって、自由って」

範夫には、タクトの言う意味がよくわからなかった。わかったのは、ずいぶん後になってからである。

映画室できわどい翻訳をやってみせたのを皮切りに、タクトはしばしば、いたずらを仕掛けるようになった。

あるとき、亀虎や範夫たち仲間と遊んだ帰り道、タクトがいたずらっぽい目つきで言った。

「明日、面白いことがあるぜ」

「なんだよ、面白いことって」

「明日になってからの、お楽しみ」

「なんだ、言えよ」

「明日になったら、わかるって。じゃあな、さよなら三角、またきて四角、ホーム・ベースは五角形！」

タクトはおどけてそう言い残し、さっさと消えてしまった。

翌日、登校中の子どもたちが、わいわいと騒いでいた。あちこちに人垣ができている。

「おい、ノリ、来てみろよ！」

亀虎たちが集まっていたのは、掲示板の前だった。町の辻々には掲示板があった。そこには戦意高揚のためのポスターや標語が貼ってある。

『石炭、増産！』

『欲しがりません、勝つまでは！』

その二つのスローガンが、今朝は、一部を黒く塗りつぶされたり、書き加えられたりして、書き換えられていたのである。

範夫は、それを見て思わず笑いだした。

『石炭、増産、もうたくさん！』

『しかりません、勝つまでは！』

しかもスローガンの脇には、困り顔の坑夫や、怒った顔の母親みたいな似顔絵まで描いてある。

「あはは、なんだよ、これ!」

子どもたちは、まるで祭りの山車《だし》でも見たかのように興奮して、口々に勝手なことを言い合った。

「叱りません、勝つまでは、だってさ。だったらいいなあ」

「うちの母ちゃんに、読ませたいよ!」

また別の日、今度は朝駒倶楽部が標的になった。

サロンに掛かっていた、会社の幹部の顔写真が二枚、あろうことか上下逆さまに吊るされていたのである。

「誰だ、こんなことをして」

社員は真っ青になって直ちに元に戻したが、噂はすぐに広まった。

「不吉だな、本当に会社がひっくり返ったりして」

「傑作だよ、お偉方も逆さに吊られて形無しだ」

中学生たちがひそひそと、しかしちょっと嬉しそうに話し合っていたのを、範夫たちはわけもわからず聞いていたのだ。タクトは隣で、ぺろりと舌を出していた。

その他の事になると、範夫の記憶はあいまいだ。

どこまでが本当にタクトのやらかしたいたずらだったのか。

映画のポスターにいたずら書きがされてあったとか、坑夫の風呂の太陽灯がピンク坑夫の風呂の太陽灯がピンク色に塗られて、浴場が変な感じになってしまったとか、炭鉱の所長が乗ってきたぴかぴかのセダンの車のすぐ目の前に、馬糞《ばふん》が山積みにされていたとか。

もしかしたら、デマだったのかもしれないし、偶然だったのかもしれない。

だがいたずらが愉快であればあるほど、いかにもタクトがやりそうだ、と誰もが思った。

タクトのやる際《きわ》どいいたずらは、大人たちを怒らせたけれど、子どもたちには、すこぶる受けが良かった。スローガンが書き換えられているのを見たときも、ふんぞり返った会社幹部の写真が逆さ吊りになっているのを見たときも、範夫は、なぜか気分がスカッとした。

日本は戦時下にあったが、北海道、殊《こと》に炭鉱は、むしろ活気に満ちていた。普段はさほど不自由も感じず、のんきに過ごしていたといっていい。それでも、世の中が少しずつ窮屈になっていくのを、子どもたちもどこかで感じていた。抑圧されていることを意識さえしていなかったが、範夫たちは息苦しさをおぼえていたのかもしれない。徐々に汚染が進んでいく空気にさらされた、実験室のマウスのように。

タクトと二人で遊んだある日のことを、範夫は妙に鮮明に覚えている。亀虎たちは用事があったらしく、範夫は一人で神社の境内に向かっていた。足もとで落ち葉がかさこそと鳴った。薄紫の野菊の花が、道端で寂しそうに咲いていた。空も日の光も妙に白っぽい秋の日だった。

タクトは、長い棒切れで栗の木から栗を叩き落としていた。ばらばらといが栗が落ちてくるのを器用によけては、かごに入れていた。かごはほとんど満杯になっていた。範夫を見つけると、タクトは嬉しそうに駆けてきた。小さな体で、ウサギみたいにぴょんぴょんと跳ねながら。

「よぉ」

「やあ、栗、採ってたのか」

「うん」

「裏山に、山ぶどうがあるよ。採りにいく？　あ、熊が出るかなあ。それとも、坑夫の風呂に行くか、太陽灯のある」

「……うーん」

タクトはしばらく考えてから、告げた。

「ぼく、学校へ行ってみたいな」

「うちの？」

「うん。予行演習。まだ行ったことがないんだもの」

タクトは渇望するような目をして言った。

「まだクラス決まらないの？」

「うん、そうなんだ」

不安そうなタクトを見ていると、範夫はなんだか可哀想になった。

「学校、行こうか。案内してやるよ」

「ほんと？」

栗拾いを中断して、二人は学校へと駆けだした。

放課後の学校は、しんと静まり返って、まるで別の場所のようだった。

「豪勢だな」

敷地内に並ぶ建物の壮観さに、タクトがひゅっと口笛を吹いた。

「こんなに大きくて立派な学校は、他にはないはずだよ。日本一かもな」

範夫は自慢げに言った。

「へえ。国民学校というよりは、三井炭鉱贅沢《ぜいたく》学校だな」タクトが皮肉な調子でつぶやいた。「だけど、映画で見たのとちょっと違うな。花壇もないし、なんだか色も違うよ」

「映画、見たの？　俺、撮影しているとき、いたよ」

鉱山会社では上空知を宣伝する映画を作っていた。そこで学校も紹介されていた。求職者にアピールするためである。立派な学校や厚生施設は、三井の宣伝活動の一環だったのだろう。急激に膨張する石炭産業は、常に人手不足だったのだ。

「ノリちゃんも、映画に出たの？」

「へへへ、ちょっとだけな。すごいんだぜ、映画って。ここに……」範夫は、だだっ広い砂ばかりの校庭を示していった。「……なんもないここに、トラック一杯の花を積んできてさ、あっという間に植えちゃうんだ。そしたらきれいな花畑の出来上がりさ。明るいライトをいくつも当てて、夢みたいにきれいに見えたよ。でも、撮影が終わったら、花はぜんぶ引き抜いて捨てちゃうんだ」

「ふうん、作りもんだったんだな」

砂埃《すなぼこり》の立つ校庭を見渡して、タクトが言った。範夫はなんとなく後ろめたくなった。

二人は放課後の学校を探検した。

図書室で本に囲まれて、タクトは歓声をあげた。理科室で実験用具をいたずらしたり、体育室でマットにくるまったり、跳び箱で遊んだ。それから音楽室に入ると、タクトは急にはしゃぐのをやめ、つぶやいた。

「ピアノがあるじゃないか」

黒檀《こくたん》色のグランドピアノが、窓から差し込む夕日に輝いていた。

範夫がいたずらして、ぽろんぽろんと音を出していると、タクトが「貸して」と言った。範夫が譲ると、タクトは椅子に腰かけて姿勢を正し、なめらかにメロディーを奏で始めた。

とたんに範夫はその音色に引きこまれた。それは、耳にしたことのある曲だった。だが初めて出会う音色だった。範夫はうっとりした。音楽教師や伴奏係の女の子たちより、ずっとうまかった。レコードみたいに完璧だった。

知らぬ間に涙がこぼれそうになって、範夫は慌てた。音楽を聴いて泣きそうになったのは、生まれて初めてだった。

タクトが弾き終えると、範夫は思わず嘆息した。

「上手だね、すごいや。トロイメライだろ、シューマンの」

「よくわかったな」

タクトは嬉しそうだった。

前任の音楽教師がよく弾いていたので、範夫は曲名を知っていた。師範学校を出たばかりのまだ若かった女教師は、か細い指ではかなげにこの曲を弾いてくれた。魔法のようにメロディーを紡ぎ出す美しい女教師に、範夫は密かな思慕を抱いたものだ。しかし彼女は半年ほど前、前触れもなく退職した。間もなく肺疾で亡くなったという。

そのとき、遠くで人声がした。

「誰か来る」

「行こう」

二人は泥棒みたいにこそこそと学校を抜け出した。それからぶらぶらと神社の境内まで歩いた。ちょうど日が暮れる時刻で、鳥居の向こうの山の端《は》に金色の太陽が沈もうとしていた。

　ふいにタクトが立ち止まった。大きな栗の木を見上げていた。

「昔々、このあたりにぼくのじいちゃんが住んでいたんだ。朝駒倶楽部のあたり一帯は、じいちゃんの土地だった。馬を飼ったり、果物の木を育てたりしていた。この栗の木、この楢《なら》やぶなの木も、みんなじいちゃんのものだったんだ」

　いつもの調子で、滔々《とうとう》とタクトは語った。

　また例のほら話かな、と思ったが、範夫は引っかかるものを感じた。タクトの声の向こうに、ぴんと張った一本の弦がある。その緊張が、笑い飛ばすことをためらわせた。

　二人は土の上に寝転んだ。枯葉のにおいが濃くなった。空は薄墨色にぼやけていた。茜色《あかねいろ》の雲が一筋二筋、刷毛《はけ》ではいたように漂っていた。

　範夫は、背中に何か鋭い響きを感じたような気がして、がばりと起き上がった。

「どうしたの」

　寝転んだままタクトが聞いた。

「なんか聞こえたんだ、振動みたいなの。坑道の音かな」

　するとタクトは、ちょっと驚いたような笑顔を見せた。まるで教師が出した難問に、思いがけなく生徒が正解を出したときのように。

タクトは落ち着いた声で言った。

「坑道の音じゃない。それは、悲鳴だよ」

「悲鳴？」

「泣いているのさ、地の底に住む人たちがね」

「地の底に誰か住んでいるのか」

「地上にぼくたちが住んでいるんだから、地底に誰かが住んでいても、不思議じゃないよ」

「地底って、炭鉱の坑道よりもっと深いところのことかい」

「ずっとずっと深いところさ」

「どうして悲鳴なんか上げるの」

「地上であんまり好き勝手やってるから、怒っているんじゃないか」

「ふうん」

地球の芯は高熱で、どろどろと溶けているのだと教わったことがある。だが範夫は、タクトにそう言われると、違うのかもしれないと思えた。

「音っていうのは振動なんだ。地底人の悲鳴が、ぼくらの背中を震わせるんだ。だけど地上が騒がしすぎるから、地底の悲鳴はなかなか届かない。ノリちゃんは、良い耳をしているんだよ」

遠くで、がらがらと石炭を積みだすトロッコの音が聞こえた。上空知、赤平《あかびら》、歌志内《うたしない》など、空知炭田からひっきりなしに石炭が掘り出され、運ばれていく。全国に、そして戦地に。

低い山並を見渡しながら、タクトがつぶやいた。

「こんなこと、続きゃしないよ」

「なんのこと？」

「狂騒だよ」

「キョウソウ？」

「大騒ぎして、熱に浮かされているみたいだ。けど、こんなの、どうせ続きゃしない。馬鹿みたいだよ」

範夫には、タクトの言っている意味がよくわからなかった。

「それに、もう石炭の時代じゃないんだ」

「まさか、そんなわけないよ」

範夫は思わず反論した。戦争は拡大していた。日本も豊かになっていくだろう。そのためには石炭が必要なのだ。範夫は向きになって続けた。

「石炭は、人造石油の原料にもなるんだよ。俺、知ってる」

その頃、上空知にほど近い空知地方の中心都市、滝川には、北海道人造石油という会社が工場を構えていた。石炭から石油を精製しようという試みで、ドイツ人技術者が指導をしていた。国からの補助金と財閥の資金に支えられていたという点では、炭鉱とよく似た構図だった。敷地には建物がずらりと並び、立派な音楽ホールまであった。上空知が炭鉱王国なら、滝川にはジンセキ帝国があった。

タクトが吐き出すように告げた。

「日本は負けるぜ。上空知は、クソ壺になる」

「えっ、まさか」

範夫は笑い飛ばそうとした。だがタクトは真面目な顔で続けた。

「本当だよ。いずれ親指くらいの豆爆弾が降ってきて、日本は吹っ飛ぶのさ」

聞き捨てならなかった。範夫はかっとなって突っかかった。

「嘘だよ、大日本帝国の軍人さんたちは強いんだ。負けっこないよ」

「本当は爆弾なんか、作っちゃいけないんだ。それなのに世界中で爆弾を作ってる。日本も。だけどきっと、もう間に合わない。だから日本は負けるんだ。絶対に」

「誰が言ったのさ、そんなこと」

タクトは質問には答えなかった。その代わり、足もとの小石を拾って、思い切り遠くまで投げた。そして、消えていく小石に向かって叫んだ。

「みんな知らないんだよ。威張っている大人はみんな嘘つきだ。日本は負ける。炭鉱は終わる。ここには誰もいなくなるんだ。何もかも、夢だったみたいにね」

タクトの声がこだました。けれど範夫は、ぴんとこなかった。

銀色の戦闘機が一機、白い煙を吐きながらきらきらと旋回《せんかい》していった。その機影を、範夫は美しいと思った。


翌日、校門前の掲示板のスローガンが派手に書き換えられていた。

『贅沢は敵だ！』

そこに、筆で大きく漢字が一つ、書き加えられていたのである。

『贅沢は素敵だ！』

それきり、タクトは姿を消した。

亀虎と範夫が先生から呼び出しをくらったのは、それから間もなくだった。数々のいたずらは亀虎たちの仲間の仕業らしい、と誰かが告げ口をしたのだ。

範夫たちの聞き取りをしたのは、中野《なかの》という若い担任の教師だった。

範夫は中野先生が好きだった。先生は、ときどき範夫の家に遊びに来た。父親と同僚だったからである。酒を飲むとすぐ真っ赤になって、下手な歌を歌った。休みの日は、生徒たちを山歩きに連れていってくれた。道端の草や花の名前を先生はよく知っていて、教えてくれた。教室では、みんなで一緒に昆虫を卵からかえして育てたこともある。中野先生は理科教師だったのだ。

範夫は先生に嘘をつくのはいやだった。亀虎もそれは同じだった。

「じゃあ、その『タクト』という少年が、スローガンを書き換えたり、倶楽部の写真にいたずらしたりしたというのかな」

中野先生は、決して威圧的に問い詰めたりはしなかった。まるで生徒に対してではなく、対等な大人に接するように丁寧に聞いた。他の居丈高な教師とはまるで違った。

「わかりません、そうかもしれない、と思っただけです」

亀虎は正直に答えた。範夫も同じ意見だった。

「その子は誰なのかな。どこに住んでいる子なのだろう」

「転校生だから、住む所も、クラスも、まだ決まらないって言っていました」

中野先生は首を傾《かし》げて、独り言のようにつぶやいた。

「おかしいな。ここしばらく転入生の予定はないよ。一年生から六年生まで、一人も」

亀虎と範夫は顔を見合わせた。

「転校生じゃないなら、アイツ、誰だったんだよ」

考えてみると、亀虎も範夫も、タクトのことを何も知らなかった。どこから来たのか、本名さえも。あんなにおしゃべりをしたのに、タクトは自分のことを何一つ明かしていない。

結局、亀虎と範夫は無罪放免となった。

「あのいたずらは、決して良いことではないけど、正直、先生はちょっと面白かったな」

中野先生は、範夫たちを解放して別れ際、共犯者みたいにちょっと笑ってそう言った。

それにしても、いくら考えても、タクトの素性はわからなかった。

炭鉱街を我が物顔で歩き回っていたタクト。社員の子でも坑夫の子でもないとしたら、いったいいなんだろう。

「来たばっかり、っていうのは本当だったのかもな……流れ者の子じゃなかか。越してきたばかりで、炭住にも入っていないような」

「なら学校に行っていなくても不思議じゃないね」

だが、どんな推測も今一つ、そぐわないような気がした。タクトのあの機転や、大人顔負けの知識、ピアノの腕前。貧しい流れ者の子にしては出来過ぎていた。

「とにかくアイツ、裏切り者たい。黙っていなくなりやがって。あんなに仲良くしてやったのに」

悪態をついてみたが、亀虎も範夫も、本心は寂しかったのだ。二人ともタクトが好きだった。たとえ彼が嘘つきだったとしても。

何かわけがあったのかもしれない。もう一度会えたら、うんと怒ってやろう、だけどタクトが謝ったなら、許してやるのだ、範夫たちはそう決めた。

けれどタクトは現れず、やがて冬が来て、神社の祠《ほこら》も鳥居も雪に埋もれた。

使われない小部屋の床に少しずつ埃が降り積もるように、タクトの記憶に時が降り積もり、ぼやけていった。範夫の中のタクトの姿は、磨硝子《すりガラス》の向こうにいるようにおぼろげになっていった。

範夫は、時々思った。

タクトは本当に天から降って来たのではないか、と。

それほど彼は鮮やかに現れ、見事に消えた。

アイツは幻だったのではないか、そうも思えた。まだ、どこかそのへんに隠れているのじゃないか、あかんべえしながら、神社の裏から顔を出すんじゃなかろうか、そんな気もした。

第二章　夜行軍

六年生の途中で、範夫は引っ越しをした。父親が転勤になったのだ。

引っ越し先は、同じ空知地方の妹背牛《もせうし》。そこは炭鉱ではなく、農村だった。かつて華族農場で拓けた、空知平野の米どころである。

その暮しは、上空知とはまるで違った。

妹背牛には、炭住も倶楽部も大きな風呂もテニスコートも、満足な商店街すらない。代わりに広い畑があった。ヒツジやヤギ、ウサギを飼っていた。範夫たちはウサギの世話をし、ヒツジの出産にも立ち会った。畑を耕し、収穫した。休みの日には川へ行き、父親や武夫と魚釣りに興じた。

これが本来の人の営みなのではないか、そう思わせる何かがあった。

それは豊かな暮しだった。上空知とは違う形の豊かさが、妹背牛にはあった。

上空知を懐かしく思わないこともなかったが、範夫は、ごく当たり前の農村の生活に満足していた。

田舎のことで食料には困らなかった。都会では飢えて煎《い》り大豆ばかり食べているのだという話を、疎開してきた子どもたちから聞いても、どこか遠い国の出来事のようだった。

真珠湾攻撃に沸いた翌年には、早くも戦況は悪化した。アッツ島玉砕が報じられてからは、坂を転げ落ちるようだった。さしものどかな田舎でも、生活物資に事欠くようになった。

昭和十九年（一九四四年）、範夫は武夫と同じ旧制滝川中学校に入学した。中学では再び、亀虎たち上空知組と一緒になった。

せっかく中学生になったというのに、授業はほとんど行われなくなっていた。生徒たちは援農《えんのう》や勤労動員に駆り出され、教室に落ち着いている暇はなくなった。

国民が一丸となって、戦争の二文字のために夜も昼もなく工場や畑で働いた。滝川郊外の幌倉《ほろくら》まで出向いて、軍用機のための飛行場を作ったこともある。英文法を使いこなすより、もっこ担ぎに習熟した。

「これじゃ、坑夫だぜ」

亀虎がこっそりつぶやいた。

確かに当時の日本人は、国全体が炭鉱にでもなったかのようにひたすら働き続けていた。戦争という二文字にすべてを上納するために。

毎日くたくたに疲れて、物を考える余裕もなかった。小学校時代ののどかな日々は、昔々の夢物語のようだった。

だからあの日、亀虎が突然あんな事を言い出したとき、範夫は信じられなかった。

「おい、ノリ、おまえ、知っとうと？　タクトのヤツが、また現れたかもしれないんだって」

昭和十九年、初秋。

夕闇せまる滝川中学校の校庭に、生徒たちが続々と集まり始めていた。

普段であれば、授業が終わり、それぞれが家路につく頃である。ところがその日だけは、誰もが夜を目指して学校へと集まってきていた。まるで祭りの宵宮《よいみや》のように気持ちを弾ませて。

旧制滝川中学校、通称・滝中では、年に一度の夜行軍が、いよいよ始まろうとしていたのである。

夜行軍とは、軍隊の行軍を模し、夜を徹して歩き続ける軍事教練の一環であった。行程はほぼ十里（四十キロ）。帰校は、翌日の昼頃になると聞かされていた。滝川を出て、幌倉、赤平、歌志内、上空知、砂川《すながわ》、そして滝川へと戻ってくる、まるで炭鉱地帯周遊のようなコースだった。

範夫にとっては、四月に入学して初めての夜行軍だった。遠足気分の楽しみが半分、一方で不安も覚えた。まるで本当に出撃するような雰囲気に圧倒され、興奮していた。

「整列ーっ！」

壇上の教師から号令がかかった。鬼軍曹というあだ名の体育教師である。口を開けば、整列、行進、歩調をとれ、駆け足。万事が軍国調である。

校庭には、全校生徒約千名が整然と列をなした。全員がカーキ色の国民服にゲートルという出で立《い》ち《た》である。帽子に光る二本の白線が中学生のあかしだった。

体育教師がいったん壇を降りた、そのときである。いきなり後ろから、ぐいと襟首をつかむ者がいた。亀虎だった。

亀虎は、範夫の肩を抱えるようにしてささやいた。

「おい、ノリ、おまえ、知っとうと？　タクトのヤツが、また現れたかもしれないんだって」

「えっ、タクトが？　本当かよ」

範夫の声が高くなった。周囲がいっせいに注視したが、構ってなどいられなかった。

亀虎は早口で続けた。どんぐり眼《まなこ》が輝いていた。

「兄貴たちが噂していたんだ、今朝の話だけど……あ、そろそろ始まるな。また後で、歩きながら話すべ」

亀虎は、まるで敵弾をくぐりぬける斥候《せっこう》のように小腰をかがめて、すばやく自分の列に戻っていった。

範夫の胸は早鐘《はやがね》を打っていた。だが集中しないと出遅れてしまう。乱れる心に蓋をして、範夫は直立不動で前を向いた。

「行進、歩調をとれーっ！」

ザッザッ、ザッザッ……。

一分の隙もなく揃った怒濤《どとう》のような足音が、空の彼方《かなた》まで響きわたる。

号令がかかるごとに、生徒たちは歩いたり止まったりを繰り返した。素早い動作は、日頃の訓練の賜物《たまもの》である。滝中は北海道の近隣の中学のうちでも、軍事教練の厳しさに定評があった。毎朝上半身裸になって健康たわしで肌をこするという剛健体操、全校一斉乾布摩擦《かんぷまさつ》は、新聞記事で報道されたこともある。

範夫たちの時代の少年は軍事教練に慣れていた。

小学生の頃から繰り返し叩きこまれた、銃剣で藁《わら》人形を突き刺したり、爆弾を抱えて敵陣に突撃する訓練は、遊びの延長でむしろ楽しかった（突撃成功のあと、どうやって帰ってくればいいか、範夫は先生に聞いたことがあった。先生は笑って答えなかった。後に範夫は、あれが玉砕の訓練だったのだと知った。帰る訓練がなかったはずである）。男の子の遊びは、チャンバラか戦争ごっこと相場が決まっていた。男子は当然のごとく、皆軍人に憧れた。特に滝中エリートは地域の誇りとして、いずれは国策の陣頭に立ち、お国のために尽くすことが必然だった。範夫ももちろん、軍人になるつもりだった。

だが、足並みを揃えて行進していると、ふと大波にさらわれる雑魚《ざこ》のような気分になる。どこか知らない場所へ連れていかれそうで怖くなる。轟音《ごうおん》のような地響きに包まれて、居心地の悪さを感じ、すぐさま逃げ出したくなるのだ。範夫は慌てて、こんな事じゃお国のために戦えないぞ、と自分で自分を戒めた。

「歩調、止《や》め！」

足音がぴたりとやんだ。体育教師に代わって、国漢の吉田《よしだ》教諭、通称・モグラが、胸を反らして咳払いをした。

「えへん、諸君、えー、大日本帝国の軍人さんたちは、お国のために前線にて戦っておる。きみたちも日本男児として、決して銃後の備えを怠らぬよう……」

モグラが威厳を示そうと口を尖《とが》らすと、もともと前に突き出た鼻と口が余計に目立つ。しゃべるごとに丸眼鏡がひくひく動くと、モグラが土中で鼻をうごめかしているみたいで、ますますモグラそっくりに見える。

いつもは笑いをかみ殺すのに苦労するのだが、その日はそれどころではなかった。夜行軍に挑む興奮と、亀虎の話の続きが気になって、範夫の頭の中は沸騰しそうになっていた。

よりにもよって、こんな日に、タクトだって？

校長の訓辞に続いて、軍歌斉唱。そしてついに号令がかかった。

「出発！」

轟音のような足音が一斉に響く。範夫も行進の渦に呑まれた。

校門を出て、緩やかな一の坂を下ると、秋日に輝く空知川が見えてくる。川の両側は、刈り取りを待つばかりの黄金《こがね》色の稲穂の海。

空知平野は北海道中央部の穀倉地帯なのだった。

山の端はすでに灰色に暮れていた。かあかあという鳴き声が遠ざかり、カラスが黒い点になって、影絵のような山に吸い込まれていく。

夜行軍は、まず空知川に沿って歩きはじめた。

空知太《そらちぶと》、富平《とみひら》、幌倉。

もっとも、他に行軍のできそうなまともな道などなかった。一歩本道を逸れると、明治開拓期以前とちっとも変わらない野生の原野に吞みこまれる。日本人はまだ、北海道を制圧し尽くしてはいないのだ。

やがてひろびろとした平野から、次第に道は、小高い山の中を縫うように狭まっていく。炭鉱地帯がはじまるのだ。

空知平野に沿った低い山並が空知炭田である。

炭鉱のある山々は、総じて丘のような低山が寄り集まっている。地層同士がぶつかりあい、譲り合って、そんな窮屈な地形が形成されたのかもしれない。畑にも水田にも適さないような、一見不毛の山がちな土地は、一皮むけば黒いダイヤの宝庫なのだ。

背嚢《はいのう》と水筒だけの装備で遠足気分の下級生に対して、上級生は帝国陸軍払い下げの三八《さんぱち》銃を携行している。銃をがちゃがちゃいわせて上級生が見回りに来ると、範夫たちは、まるで憲兵にでも出くわしたようにどきどきした。

幌倉を過ぎ、赤平へ向かう傾斜のきつい坂道にさしかかったところで、ようやく亀虎が範夫に追いついてきた。すでに隊列は乱れはじめ、生徒たちは三々五々、かたまって歩くようになっていた。

「よぉ、ノリ」

「よぉ、亀虎」

「さっきの続きじゃっどん……」

「タクトのことだろ？　どういうことなんだよ」

「落ち着けよ、慌てんなって」

亀虎がもったいぶって、にやにやした。本当は亀虎だって、早く話したくてうずうずしているくせに。

「また上空知に来たのか？　アイツ」

「ちがう、滝中だ。アイツ、滝中に現れたと」

「なんだって、アイツ、滝川に住んでいたのか」

「落ち着かんか。今朝だ、兄貴が携行品の準備の係で、昼前に学校に行きよった。そしたら、職員室が大騒ぎんなっとった」

「どうしたんだよ」

「今日、夜行軍で上級生が携行する銃を銃器室に保管しとったろ。二百丁。それが、まるごと消えとったと」

「えっ」

「ばってん、銃のなくなった後に、大根がずらりと並んどったと、土のついた立派なやつ、漬物つけるときに干すだろ、あげな具合によ」

「銃の代わりに大根が？」

範夫は思わず腹を抱えて笑いだした。

「ばか、ノリ、声がでかか」

咎《とが》める亀虎も、ひひひと肩を震わせ笑っている。

「結局、銃は別の場所で見つかって事なきを得たと。ばってん先生たちは、かんかんだ。銃は軍人の命である。それを愚弄《ぐろう》するとは許しがたい、そげなこつ言うて、鬼軍曹なんか特に頭に血が上って、モグラも鼻をひくひくさせて顔が真っ青。犯人はまだ見つかっとらん」

「上級生の誰かのいたずらじゃないの」

「そげなこつすっか、ばれたら、鬼軍曹から拳骨《げんこつ》どころか、リンチで殺されっぞ」

亀虎は、範夫に体をぶつけながら声をひそめた。

「そんなぶっ飛んだいたずらをするのは、アイツばい」

「……タクトか？」

忘れかけていた、タクトのはにかんだような笑顔が目に浮かんだ。いつも自信たっぷりで、なのに少し寂しそうだったタクト。淡雪みたいに突然、消えてしまったタクト。

「兄貴たちも、まるでアイツが戻って来たみたいだな、って言うとる」

「ふうん……」

範夫は、胸の中がざわざわと騒ぐのを感じた。

夜のとばりが下りるに従い、遠足気分が急速にさめていった。

範夫は歩きながら強烈な睡魔に襲われた。普段なら、もう布団の中で寝息を立てている頃である。水筒や背嚢が肩に食い込んでいた。少しでいいから横になりたい、そればかり考えていた。

闇の中に黒々と山が迫ってきたと思うと、蛇行した空知川の向こうに街の明かりが見えてきた。それが赤平。財閥系の住友赤平が中心の炭鉱街である。

川沿いの平地にも、小高い丘の上にも、山際にも、見渡す限りびっしりと寄木細工のような炭住が並んでいる。十軒長屋、四軒長屋、二軒長屋。財閥のお偉方、社員、雑役夫《ざつえきふ》、そして坑夫。暮し向きは様々でも灯の色は同じ。町中が何らかの形で炭鉱事業に関わる共同体である。

街の明かりが見えてくると同時に、いいにおいが漂ってきた。食べ物のにおいである。眠気と空腹がごっちゃになって、誰もが早足になる。

午後十時過ぎ、赤平到着。

赤平の国民学校に休息所が設けられており、あかあかと明かりがともされていた。祭礼の夜店見物さながら、人々でごった返していた。

「休憩！　各自、軽食をとるように」

教師の声が響き渡った。

「お疲れさん」

「ご苦労さん、よくがんばったね」

もんぺや着物にたすき掛けの女性たちがにぎやかに迎えてくれた。滝中生の母親は、息子の雄姿《ゆうし》を誇らしげに眺めている。

生徒たちは、それぞれにおにぎりや乾パン、ふかした馬鈴薯《ばれいしよ》などを受け取り腹を満たした。範夫もやっと人心地がついた。

地面にへたりこんでいると、上級生たちが得意そうに、三八銃を掲げて激励にやってきた。

「へこたれるな、まだ先は長いぞ」

「しっかりしろよ」

範夫は、ふと今朝の大根騒ぎのことを思い出し、つい笑いが込み上げてきた。三八銃を担いだいかつい上級生たちが、土付き大根をさげたのんきな百姓に見えてきてしまい、おかしくてたまらない。

大根携行じゃ、帝国陸軍も形無しだ。

やっぱりタクトかな、そんなとんでもないことをするのは。馬鹿にしてらあ。

範夫はなぜかいい気分だった。垂れ込めていた暗雲が一陣の風に吹き払われたような。亀虎たちも同じなのだろう。タクトの噂をしながら、皆がなんとなく、そわそわしている。

腹がくちくなると、さらなる眠気が襲ってきた。たまらず範夫は、ごろりと地面に横たわった。じっと目を閉じていると、地の底から何かが聞こえるような気がする。

——悲鳴だよ。

タクトの声が蘇った。

あれから三年。

範夫の体は青年に近づいていた。成長するということは、出征が近づくということだった。

近頃、町内会や親戚に戦死の報がぽつぽつと入るようになった。出征軍人を駅で見送ったかと思うと、次の日には、白木《しらき》の箱に入った戦死者の骨が帰ってくる。

範夫は、上空知で聞いたタクトの言葉が、真実を言い当てていたのではないかと思うようになった。三年前は、荒唐無稽なほら話だと決めつけていたというのに。

——日本は負けるぜ。上空知は、クソ壺になる。

クソ壺はともかく、戦況はどうやら本当に悪化しているらしかった。もちろん、表向きには日本は連戦連勝、ラジオから流れるのは威勢のいい話ばかりである。だが、父親や兄たちが小声で話すのを範夫は聞いた。

大国アメリカ相手に勝てるはずがない、と。

あの頃タクトは、もうすでにこうなることを知っていたのか。

赤平で少し休むと、気力が戻ってきた。

「出発！」

ゲートルを巻き直した少年たちは、号令に背中を押されて再び闇の中へ突入した。

疲労は回復しても、強敵は睡魔だった。暗くなるとどうしても眠くなる。中学生はまだ子どもだ。

夜行軍の当日は昼のうちに十分睡眠をとっておくように、とお達しはあったが、元気な子どもたちが真っ昼間から眠れるものではない。結局、ほとんどの生徒が睡眠不足だった。

うねる空知川に、つかず離れず鉄道線路が沿っていく。

赤平、茂尻《もじり》。

いずれも大規模な炭鉱地である。北海道の鉄道の歴史は、炭鉱の歴史と切っても切り離せない。石炭を運ぶために、線路は網の目のように延びていく。

夜行軍の行程は、茂尻の手前で南へ、緩い山道に入っていく。空知川流域の沃野《よくや》を背に線路を遠く離れ、その昔獣道《けものみち》だった山道を分け入って、歌志内へと向かうのだ。

かつて炭鉱は歌志内から赤平へと開けていった。範夫たちの夜行軍は、ちょうどその行程を逆に進んでいくのだった。

空知川から離れれば離れるほど、山が険しくなっていく。しなやかな草木から硬質な鉱物へ、まるで文明の変遷でも見るように景色が移り変わっていく。

山中の夜は重苦しく、少年たちに覆いかぶさってくる。足もとも見えない刈り分け道を、月明かりだけを頼りに進むのだ。

眠気と疲労が頂点に達した頃、しだいに道がなだらかになり、遠くに明かりがぽつぽつと見えてきた。歌志内の街が近づいてきたのだ。心なしか道幅も広がり、土のにおいが濃くなった。集落の周辺に田畑があるのだ。

「おい、俺、もう寝ちゃいそうだよ」

範夫の周囲の一年生たちは、真っ直ぐ歩くことすら覚束《おぼつか》なくなっていた。

「腕、組もう、腕」

「そうだ、そうしよう」

一年生は誰からともなく四人ずつ並んで、お互いしっかりと腕を組みあった。そうすれば、少なくとも列から外れることはない。誰かが眠りかけても、他の誰かが引きずっていけば脱落することはない。

「いい考えだな」

「よし、前進！」

しばらくすると、前方から教師の怒鳴り声が聞こえた。

「おーい、おまえら、どこへ行くーっ！」

見ると、前のほうを行く仲間が、腕を組みあったまま四人もろとも道を外れて、ずぶずぶと田んぼの中へ入っていくではないか。

「おーい、こらっ、目を覚ませーっ！」

四人は田んぼの中ほどで、やっと立ち止まった。周囲から、げらげらと笑い声がした。

どうやら彼らは、歩きながらみんな一緒に眠ってしまったのだ。

やれやれ、と生徒たちが戻ってこようとしたとき、

「わーっ！」

突然、悲鳴が上がった。暗がりの中、四人が転げそうになりながら走ってくるのが見えた。目ばかりぎらぎら光っていた。

「誰かいる！　あぜ道に立ってる！」

こんな真夜中に作業する人など、いるはずがなかった。一同は騒然とした。

「夢でも見たんじゃないか」

上級生たちが果敢《かかん》に進んでいった。範夫たちもあとに続いた。行く手にのっそりと人影が見えてきた。

「案山子《かかし》だ！」

誰かが叫んだ。

それは五体ばかりの案山子だった。ちょうど夜行軍の通りかかる道に向けて、横一列に整列していた。

「なんだ、この案山子は」

派手な金色が範夫の目を射た。赤、緑、輝く銀、花柄……婚礼衣装か田舎歌舞伎の舞台衣装のようだった。案山子たちは、夜目にも鮮やかな装いなのだった。

範夫は、そんな色の衣装を久しぶりに見たと思った。みんなそうだった。戦争が始まって以来、統制が強まり、どこもかしこもカーキ色の国民服ばかりだった。

「えらくめかしこんだ案山子だなあ」

上級生がぽつりと言って、生徒たちは笑い転げた。

普通の案山子のはずがない。手の込んだいたずらだ。

教師がばたばたと駆けてきて、集まっている生徒たちを追い払った。

「貴様ら、列に戻れ、前進、ぜんしーんっ！」

亀虎が範夫に近づき、にやっと笑って言った。

「贅沢は素敵だ、な？」

『アイツが帰ってきた』

あちこちで、こそこそと噂話が飛び交った。

上空知出身の生徒たちは、三年前の出来事をそれぞれに思い出していたはずである。

名前も、素性もわからない。けれど彼のいたずらの数々は鮮やかに脳裏に焼きついていた。

タクトだとしたら、こんな愉快なことってない。

だけど、どうして今ごろ？

いったいなんのために？

やがて、少しの間忘れていた睡魔が、今度は倍になって襲ってきた。

寝ぼけ眼で満天の星を見上げながら、範夫は自分が遠い戦地にいるような錯覚に陥った。

上級生たちの抱える三八銃ががちゃがちゃと鳴る。自分も、水筒ではなく、銃を抱えているような気がしてくる。砂漠の中を迷走する新兵のような気持ちになってくる。

またタクトの言葉を思い出した。

――いずれ親指くらいの豆爆弾が降ってきて、日本は吹っ飛ぶのさ。

範夫は、兄たちが噂していた『マッチ箱』のことを考えていた。

それはマッチ箱ほどの大きさの、それでいて、とてつもない破壊力のある爆弾なのだという。日本が開発に躍起になっているのだが、もうアメリカでは、すでに出来上がっているという噂もあった。それが使われたら、日本は本当に負けてしまうのだという。タクトが言っていたとおりに。

日本が吹っ飛ぶなら自分も死ぬのだろう、と範夫は思った。命なんか惜しくない。日本男児なら、見事に散ってみせよう。

死んだら、じいちゃんやばあちゃんや、弟にも会えるのかな。

五年前、範夫は幼い弟を病《やまい》で亡くしていた。

自分が死んだら、やはり小さな位牌《いはい》となって、弟の位牌に並ぶのだろうか。つるりとした木肌のうすっぺらな位牌。母はやっぱり、朝な夕なにお灯明《とうみよう》をあげて、手を合わせるだろうか。それとも、母も死ぬのだろうか。自分が死ぬのはいいけれど、母が死ぬのだと思うと、とたんに範夫は怖くなった。

少年たちの足音が静寂《しじま》をかきわけ蹂躙《じゅうりん》していく。やけくそのように張り上げる声。軍歌が高らかに響く。

炭鉱の街並は、どこもよく似ていた。

低い山並に貼りつくような炭住の群れ。街中を流れる川。川の両側にも炭住がひしめいて、明かりがちらちらと蛍のように明滅している。

歌志内、歌神《かしん》、そして文珠《もんじゅ》を抜けると、その先はようやく上空知である。

明治の昔から、数々の鉱山が開かれた地帯。男たちが一攫千金《いっかくせんきん》を夢見て、まさに山師となって人生をかけたヤマの数々。今となっては、ほとんどが財閥の傘下におさまっている。

初秋のことである。夜半を過ぎて、急に冷え込んできた。

「寒いなあ」

闇の中、あちこちでつぶやきが聞こえる。鼻水をすする音、ぶるぶると唇を震わせる音がする。冷気と眠気と疲労に押しつぶされそうになりながら、それでも範夫たちは、闇の中を一列になって進んでいった。

空を見上げた。漆黒《しっこく》の闇である。少年たちの無数の足音が、範夫を包んで責め立てる。

前進！　前進！　と。

朝靄《あさもや》が森を白く覆っていた。雲の中を歩くようだった。早暁《そうぎょう》の冷気が肌を刺す。眠っているのか、起きているのか、歩いているのか、もうわからなかった。

絶え間ない少年たちの足音が山野の静寂を蹂躙していた。太古の昔、森に攻め入る軍勢のように。手には血塗られた刃《やいば》。背後には同胞の骸《むくろ》。範夫は鋭い悲鳴を聞いたような気がした。細く、長く、獣のような咆哮《ほうこう》を。泣いているのか、怒っているのか。

――こんなこと、続きゃしないよ。

――日本は負けるぜ。上空知は、クソ壺になる。

――ここには誰もいなくなるんだ。

地底からの叫びなのか、それともタクトが言っているのか、朦朧《もうろう》とした範夫の頭の中で、言葉が次々に交叉《こうさ》した。

一閃《いっせん》の暁光が範夫の目を射た。みるみる霧が晴れた。吹き払われる霧の向こうから、山肌にびっしりと張り付く家々が見えた。炭住の群れだ。上空知炭鉱王国は健在だった。

午前五時。上空知到着。

休憩所のある国民学校に近づくにつれ、食欲をそそるいい香りが漂ってきた。

「やったあ、豚汁だ！」

少年たちは、よたよたと食物の在処《ありか》を目指した。

早朝にもかかわらず、夜行軍の滝中生たちは大歓迎を受けた。上空知から滝中に通う生徒は多い。父兄はもとより、地域同士のつながりも密接なのだ。

「おや、ノリちゃん、久しぶりだね。大きくなったんじゃないか」

「すっかり中学生らしくなって、立派だねえ」

顔見知りの大人が次々に声をかけてきたが、範夫は上の空だった。

範夫はタクトを待っていた。もしかしたら、上空知で範夫たちを迎えてくれるのじゃないか、そんな気がしてならなかった。

温かい豚汁は、すきっ腹にしみた。体がしんから温まり、力が湧いてくる。だが同時に睡魔も蘇った。

範夫は我慢できずに寝転んだ。

このまま眠ってしまいたい。夢も見ずに、深い眠りに引きずり込まれてしまいたい……。

「おい、ノリ、なんか聞こえんか」

亀虎の声が遠くに聞こえた。

「ううん……」

振り切るように、範夫は地面に体を押しつけた。

そのとき、かすかなメロディーが範夫の耳朶《じだ》を打った。川のせせらぎのような、そよ風のような……。

「ピアノだ」

範夫は飛び起きた。一瞬にして、眠気は吹っ飛んでいた。

「ピアノがどげんした？」

「タクトだ」

「なにっ」

「きっとそうだ」

「どこだ」

「音楽室だ！」

範夫が走ると、亀虎も続いた。

薄明《はくめい》に浮かぶ早朝の校舎の群れは、目覚める前の巨大な大蛇《おろち》のように不気味に鎮まっていた。かつて知った長い廊下を、範夫は一目散に駆けた。亀虎があとを追う。二人の足音が重なった。

一年ぶりの校舎は懐かしいはずなのに、どこかよそよそしかった。まるで久しぶりに会った幼なじみのように、容易には距離が縮まらない。

ピアノの音が近づいてくる。範夫はメロディーを追った。

トロイメライ。

やっぱりそうだ、タクトだ。タクトが帰ってきた！

だがそこまでだった。ぷつんと糸が切れるように、メロディーが途切れたのだ。

「おい、止《や》んだぞ」

亀虎の息が上がっていた。範夫はなおも走った。途切れた糸を追いかけるように。

音楽室のドアが開いているのが見えた。二人は徒競走のゴールテープを切るときのように、音楽室に飛びこんだ。

「な、なんだ、誰も、おらん」

荒い息で亀虎がつぶやいた。

タクトはいなかった。グランドピアノが石造りの砦《とりで》のように堂々と、窓からの薄明に輝いていた。

「おい、なんか、音がせんか」

「うん」

「時計みたいな……」

「時計じゃない」

メトロノームだった。ピアノの脇に置かれたドイツ製のメトロノームが柱時計の振り子のように、カチカチ、カチカチ、と一定に拍を刻んでいるのだった。

範夫には、それがタクトの鼓動のように思えた。タクトが自分の身代わりに、メトロノームを仕掛けていった。彼の鼓動に合わせて。

範夫は自分の鼓動を感じた。ドクドク、ドクドク。走ってきたせいで早鐘のように打っている。これは自分だけの鼓動だ。誰かに強いられるのでも、誰かに合わせるのでもない、自分だけのテンポだ。

そのとき範夫は、突然、わかったような気がした。自分がどうして、軍事教練の一分の隙もなく揃った足音に怖れを感じるのか。

テンポを強いられるような気がするからだ。鼓動までコントロールされるような、理不尽さを感じるからだ。がんじがらめにされて、自分自身がなくなってしまいそうになるからだ。

タクトも、そうだったのではないか。

だから、テンポを強いるすべての敵へ、礫《つぶて》を投げつけた。不自由で窮屈な社会へ抗《あらが》った。炭鉱街のくだらないしきたりにも、戦意高揚の馬鹿々々しいスローガンにも、我慢ならなかったから。

廊下に足音がした。振り向くと、なんと上空知時代の担任、中野先生が立っていた。

「先生、どうして」

「やあ、きみたちは」

突然の邂逅《かいこう》に、三人は言葉を失いたたずんだ。まるで、出合い頭に衝突しかけた自動車みたいに。

「ピアノが聞こえたのでね……」

中野先生がそう答えて、範夫は我に返った。

「先生、タクトを見ませんでしたか」

中野先生は面食らったようだった。久しぶりだというのに、範夫が挨拶もなく、いきなり詰め寄ったからだ。困ったように口をつぐんでいる。範夫は夢中で言葉を継いだ。

「タクトです、あの、ずっと前、上空知に来て、いろいろと、その……」

「うん。覚えているよ。いたずらな彼だね。いや、見なかった」

中野先生は頰を緩めた。

「すみません」

「いや、しばらくぶりだな。二人とも元気そうだ……。ピアノは、彼が弾いていたのか?」

「たぶん、それで、ぼくたち、彼に会おうとしてここに来たんです」

「きみたち、彼とはその後、会っていないのか」

「はい。消えちゃったから」

「鞍馬天狗みたいに」

「彼の素性もわからず仕舞いか」

「はい」

「そうか、それじゃきみたちも、ちょっと割り切れんだろうな」

中野先生は、憐れむように範夫たちを見つめて、そして唐突に言った。

「きみたちは、ベンジャミン・スミス・ライマンという、アメリカ人の名前を聞いたことがあるかね」

「……いいえ」

「知りません」

範夫たちは戸惑った。中野先生が何を言わんとしているのか、さっぱりわからなかった。

「明治時代のお雇い外国人だ。北海道が蝦夷地《えぞち》と呼ばれていた時代から、空知に炭田があるらしいということはわかっていた。ライマン氏は地質鉱山技師として、北海道全域の地質調査に携わった。地質図も作成した。明治の初めのことだ。ライマン氏と日本人の弟子たちによって、空知炭田は本格的に発見されたと言っていい。その後の調査でも、ライマン氏の弟子たちが、調査に携わっていった。例えば、後に炭鉱主になった坂市太郎《ばんいちたろう》氏も、三井合名会社の予備調査をした西山正吾《にしやましようご》氏も、ライマン氏の愛弟子《まなでし》だった」

初耳だった。先生の話は続いた。

「だが石炭を掘り出すには、資金も技術も必要だ。石炭産業が今のように隆盛になったのは、つい最近のことなのだよ。炭鉱が盛んになる以前、上空知にはすでに街があった。それが鶉だ」

「ウズラ？」

鶉。上空知の川向こうのさびれた隣街。上空知の子どもたちとは学校も生活圏も違ったので、全く接点はなかった。

「上空知のはじまりは、鶉だったのだよ」

「炭鉱が始めではないんですか」

「炭鉱ではない。福井県の鶉村というところからの移住者たちが中心になって、今の上空知のあたりに入植したのだよ。明治の半ば頃のことだ。今ある朝陽台や駒が台、倶楽部や学校のあたりもそうだ。三井の会社が後から土地を買収して、駅ができ、上空知と名づけられて、大きな炭鉱の街になったのだ」

そのとき範夫は思い出した。タクトが言っていたことを。

――昔々、このあたりにぼくのじいちゃんが住んでいたんだ。朝駒倶楽部のあたり一帯は、じいちゃんの土地だった。……この栗の木、この楢やぶなの木も、みんなじいちゃんのものだったんだ。

いつもの口から出まかせだとばかり思っていたが、あれが本当だったとしたら……。

「……先生、タクトは、鶉に住んでいた子だったんですか」

入植者の子孫、空知炭田に鉱山会社が入り込むより、ずっと前からこの土地に根を下ろしていた人々の。

中野先生は、ちょっと首を傾げて答えた。

「あれは三年前だったか。きみたちと『彼のいたずら』に関して話をしたのは」

「はい」

「あの後、先生は気になってね、少し調べてみたんだ。この周辺で国民学校に行かずに、しかも炭鉱の倶楽部にまで出入りするとしたら、どんな子どもだろうか、と考えてね。もしかしたら、都会から疎開してきた子ではないかと思って、あちこち問い合わせてみた。そうしたら、しばらくしてから興味深い話を聞いたんだ。鶉に住む、ある商店主の娘さんのことだ」

中野先生は、範夫たちの反応を確かめるように、一息ついてから続けた。

「その女性は、もう十年以上前に東京に嫁いだそうだ。相手は東京の大学で理学部の助教授をしていたという。ところがその助教授は、あるとき突然、憲兵に逮捕されてしまったんだ。なにか思想犯の疑いをかけられたということだった。そして、とうとう獄中死してしまった」

亀虎と範夫は息を呑んだ。

「表向きには病死だという。詳しいことはわからないが、助教授は新兵器の開発に関わっていたらしい。ところが、国策に関わりながら、新兵器開発に異論を唱えていたともいう……真実は藪の中だ。彼は死んでしまったのだから」

先生は話し続けた。

「残された彼の妻は、鶉の実家に帰ってきた。夫の忘れ形見の一人息子を連れてね。それが三年前のことだ。子どもは国民学校五年生だったが、結局、鶉にいる間は登校しなかった。事情があって、すぐに東京に戻らなければならなかったのだという。その子は東京で暮らしていた頃、音楽の才能を見出されて、ドイツ人の教師について勉強していたそうなんだ。音楽家はその子を大層可愛がって、音楽だけでなく、語学や科学、さまざまな知識を授けたと聞いた。その子は、頭が良くて、弁の立つ……」

「タクトだ」

「タクトだよ」

亀虎と範夫は同時に叫んだ。

「そうかもしれないね」

「タクトです、きっと。それに、今日、いや、昨日、タクトが帰ってきたんです」

アイツは夜行軍のどこかに紛れ込んでいたのかもしれない、と範夫は思った。カーキ色の国民服を着て、滝中の帽子をかぶり、棒切れを振り上げ振り下ろし。だが彼は、決して歩調は揃えない。彼は彼の拍にだけ従うのだから。

銃を捨て、大根を取れ？　おまえらは案山子よりも劣る？

だがどちらも、一人でやるには荷が重すぎる。

彼には手下がいたのかもしれない。鶉に住む手下が。

炭鉱は鶉を気にも留めていなかった。鶉はいわば、忘れられた辺境だったのだから。思いも寄らなかった。

中野先生は、ピアノをじっと見つめて言った。

「彼が今年になってもう一度、北海道に疎開してきたということはあり得る。東京は今、食べていくのも大変だというから」

三年前のあの日。東京から疎開してきたタクトは、川向こうの上空知炭鉱王国を見上げて、どんなことを思っただろう。

やっかみ、妬み？　そんなはずはない。タクトの物怖じしない振る舞いに、卑屈なところなんて微塵《みじん》もなかった。

偵察に行ってやれ、そう思ったのかもしれない。炭鉱のやつら、後から来たくせに威張ってやがる、ちょっとちょっかい出してやれ、そんなふうにも思っただろうか。

それで、タクトはぼくらと出会った。

範夫たちを、タクトはどう思っただろう。甘いお菓子を食べ、アメリカ映画を見てのんきに富を享受する範夫たちを見て呆れただろうか。

タクトは知っていたはずだ。戦争が、日本が、炭鉱が、これからどうなっていくのか。獄中死したという父親や、東京に住む音楽家のドイツ人、彼らから聞かされていたはずだ。聡明なタクトはすぐに理解したはずだ。たとえ無駄だとしても、権力に抗わなければならないのだと。

——みんな知らないんだよ。威張っている大人はみんな嘘つきだ。日本は負ける。炭鉱は終わる。ここには誰もいなくなるんだ。何もかも、夢だったみたいにね。

そのとき、廊下に複数の足音が轟《とどろ》いた。

体育教師と数人の大人たちが肩を怒らせ立っていた。

体育教師がすごい剣幕で、範夫たちを指差して喚《わめ》いた。

「貴様ら、何をしておるかっ！」

いつのまにか、窓の外に滝中生や野次馬が集まっていた。

体育教師は、ピアノの音を聞きとがめ、誰かに音楽室まで案内させてきたのだ。

「貴様、演奏をしていただろう！　この非常時に、敵性音楽を鳴らしたのは貴様かっ、それとも、貴様かっ！」

そのとき中野先生が、体育教師と範夫たちとの間に、すっと立ちはだかった。

体育教師の顔色が変わった。

「おや、中野先生……」

どうやら顔見知りらしい二人は、ぎこちなく会釈をかわした。

中野先生は落ち着いた調子で告げた。

「シューマンはドイツ人です。敵性音楽ではありません」

体育教師は、何を言われたのかわからなかったようで、みっともなくぽかんとしていた。

「さきほどのピアノです。私が弾きました。お気に障りましたら申し訳ございません。しかし、作曲をしたのはシューマン、ドイツ人です。士気を高めようと私が弾きました」

中野先生は、さりげなく範夫たちに目くばせをした。先生はピアノが得意ではない。そのことを範夫たちは知っていた。中野先生が、あんなに華麗にシューマンを弾けるはずがなかった。

体育教師は、ぐっと言葉につまった。

「ならばよろしい、ご配慮に感謝いたします……貴様らっ、さっさと戻れ、出発だ！」

体育教師の怒鳴り声に紛れて、中野先生はつぶやいた。

「もっとも、シューマンの頃のドイツと今のドイツは違う国だ」

「歩調をとれーっ」

整然と並ぶ少年たちの足が、それぞれに大地を叩いた。

――日本は負ける。炭鉱は終わる。ここには誰もいなくなるんだ。何もかも、夢だったみたいにね。

夢なのかもしれない、何もかも。

だが、範夫たちに何ができるだろう。夢は勝手に繰り広げられていく。止めることなんて、できやしない。目を覚ませ、と誰かに強く体を揺さぶってもらわないかぎり。

タクトは、揺さぶってくれていたのだろうか。

かつて静かな森だった上空知はやがて移住民に拓かれて、そこにあだ花みたいに炭鉱王国が咲いた。近い将来、この景色はまた形を変えるに違いない、タクトはそう思ったのだろう。馬鹿みたいな狂騒は続きゃしない、と。

スローガンにいたずらをして、威張りくさった資産家を馬鹿にし、社員の風呂にも坑夫の風呂にも平等に入り、どこにでも現れて、タクトはずっと、目を覚ませ、とメッセージを送り続けていたのだろうか。

タクトは我慢ならなかったのだ。悪夢から目覚めようとしない人々が。

だから警鐘を鳴らし続けた。

なのに人々は目を覚ますことができず、いつまでも夢の中にいる。

範夫の耳の奥で、トロイメライが鳴り続けていた。


間もなく戦争は終わった。

タクトの言ったとおり、日本は小さい爆弾によって、とてつもない傷を負った。

戦後、範夫は札幌《さっぽろ》のH大に進み、学究畑を歩いた。タクトの言ったように、自由の素質があり過ぎたためだろうか。主流ではなく、ずっと傍流を歩き続けた。後悔はしていない。

兄の武夫は、アメリカ留学を経て、音大の教授をつとめた。後に、地方の私大の学長を務めることになったとき、武夫が、ふと思い出したように範夫に言った。

「アイツ、いただろう、覚えてないか、上空知に」

「ああ、アイツ、タクトか」

「そうそう、タクト、そういった」

「どうしたの、急に」

「いや、今度俺のところで、学校改革をするんだけどな。どいつもこいつも頭が固くて参ってる。ちょっと思い出してな、アイツみたいな人材がいたら、面白いだろうな、と」

「ああ、そりゃ面白いだろう。だが、全部ぶっこわされるぜ」

「そりゃそうだ、そうかもしれん」

武夫と範夫は、しばし少年時代にかえって無邪気に笑いあった。

「ああいう手合いは、いつの時代にもいるもんだ」

武夫は、まるで祈りの言葉を唱えるように静かに、確信を込めて、そう言った。

範夫の脳裏に、タクトの切れそうに鋭い横顔が蘇る。

「いるかな、あんなのが。この時代に」

「ああ、いるよ、きっと、どこかに」

第三章　再訪

令和元年（二〇一九年）初秋。

タクシーを拾おうと、滝川駅を背に歩き出したところで、範夫はふと足を止めた。町の表情に違和感がある。

無理もない、あれから七十年以上経つ。

十月も半ばを過ぎた週日の昼下がり。秋空に穏やかな日射しが満ちていた。

範夫はすでに米寿を過ぎた。自身はいまだ矍鑠《かくしやく》としているのだが、仲間はすでに次々と鬼籍に入った。今日も、二《ふた》駅先のS町で、大学時代の後輩の葬儀に参列してきたところである。

範夫は大学の教師を長年務め、今も非常勤で教えている。札幌に住んで五十年。東京に行くことは多いが、滝川に来ることはついぞなかった。

しばらくぶりの訪問なのだから、町のたたずまいも変わって当然である。駅舎は建て替えられ、道路は舗装された。

それにしても、と範夫はあらためて駅前を見渡し、違和感の正体に気がついた。

静かすぎるのである。

駅前通りだというのに、人影はほとんどない。聞こえる音といえば、時折車のエンジン音が遠ざかっていくくらいのものである。待つ人のない横断歩道で青信号が虚しく点滅していた。

昔は賑やかだったものだ。

範夫が少年時代を過ごした戦中戦後はもちろん、昭和末期の三十数年前にも、滝川の町のそこかしこに、行き交う人々が織りなすざわめきがあった。

滝川市は空知地方の商業中心地だった。空知川と石狩《いしかり》川にはさまれた盆地は北海道有数の農業地帯であり、かつて盛況だった炭鉱地に囲まれて、旭川《あさひかわ》や札幌へつながる交通の要衝《ようしょう》として栄えた。

さびれたものだな。

戦後持ち直した炭鉱も、海外からの石油に押され、やがて閉山した。米を作っても減反、鉄路は廃線、地方都市は過疎に喘《あえ》いでいる。

ゴーストタウンのような無機質な静寂を振り切るように、範夫は勢いよく足音を立てて、客待ちのタクシーに近づいた。

「いいかね」

「はい、どうぞ。お客さん、どこまで」

「上空知まで、少し回り道をしてくれるかね」

回り道と聞いて、初老の運転手はギアを持つ手を一瞬止めた。怪訝《けげん》そうな目の色になっている。

「はあ、結構ですが、回り道とおっしゃいますと」

「うん、真っ直ぐ上空知へ向かうのじゃなくて、赤平から歌志内をまわって、上空知へ入ってもらいたいんだ」

「はい」

かつての夜行軍のコースをたどりたいんだよ、と言いかけて、範夫は一人苦笑いした。

運転手はせいぜい六十代といったところか。範夫の教え子の年頃である。彼はたぶん旧制中学が何たるかも知らないし、軍事教練なんて聞いたこともないだろう。範夫は言葉を選んだ。

「つまり、昔の炭鉱あとをね、ぐるっと回ってみたいんだよ。ぼくは昔、このあたりに住んでいたものだから、懐かしくてね」

運転手は、合点したとばかりに笑顔を見せた。

「左様ですか、お客さん、前にこのあたりにお住まいで」

「小学校から中学にかけてね」

「へえ、そりゃお懐かしいでしょうね。かしこまりました」

運転手は機嫌よく車を発進させた。

「まず、滝川公園のあたりを通ってください。それから空知大橋を渡って、幌倉、赤平、歌志内、文珠、上空知で少し寄り道をして、砂川、そして滝川に戻る、というところかな」

「かしこまりました」

車窓を過ぎていく景色は鮮やかだった。紅葉の美しい頃である。秋の日はつるべ落としというけれど、まだ日差しは暖かく明るく、容易に暮れようとは思えない。

空知大橋を渡る前に、範夫は一の坂のほうへ目をやった。立派な舗装で見違えるようだが、坂の緩い傾斜は変わらない。

だが、そこにかつての母校はない。あれほど地域の誇りだった旧制滝川中学校は、紆余曲折を経て、工業高校に変わって移転してしまった。一時は、札幌第一中学校や旭川中学校と肩を並べる北海道の名門だったはずなのに、普通科の看板を捨てたのである。

滝川では戦中戦後を通じて、工業化に力を入れた。そのための教育変革だといわれる。

または、戦時中の滝中が軍事教練に熱心過ぎたため、変革を急いだとも聞く。どちらにしても、卒業生にとっては理不尽だった。範夫たちは永遠に母校を失ったのだから。

戦争が終わって、景色ががらりと変わってしまったとき、大人たちは、それまでの記憶を塗り替えようと必死になった。教科書を黒く塗りつぶすのと同じように、子どもたちの記憶も塗りつぶせるものだと思い込んだ。

今も昔も、お偉方の考えることが愚かなのはなぜだろう。おかげで範夫の記憶も、ところどころゆがめられてしまったような気がしてならない。

工業化の旗頭《はたがしら》だった北海道人造石油は、かつて滝中の裏手に広大な敷地を構えていたが、戦後十年もしないうちに破綻した。コストがかかり過ぎたためと聞いている。

家々の向こうに低い山並が見えている。やや気の抜けたような薄青い空が広がっている。札幌市街地のように高層ビルに邪魔されることのない、生《き》のままの空である。すっかり変わってしまった風景の中で、空だけが懐かしかった。

整備された道路を、車はするすると滑るように走っていく。

「このへんが幌倉です」

運転手が言った。虎杖《いたどり》と薄野原《すすきのはら》が連なっているのだが、風景に見覚えはない。

「ああ、そう。今は東滝川というのだったね」

「止めましょうか」

「いや、いい。行ってください」

郵便局らしい建物を中心にした、申し訳程度の集落が、瞬《また》く間に通り過ぎていく。

子どもの頃は、大きな町だと思ったが。いや、実際大きな町だったのかもしれない。

人が老いて背丈が縮こまるように、町も老いれば、縮こまるのかもしれない。

「もう赤平です」

三十分も走らないうちに、運転手が言った。

「昔、歩いたときは、ずいぶん遠いと思ったものだけど、自動車とはありがたいものだね」

「道がよくなりましたからね。ここいらは渋滞もない」

運転手が笑った。

やがて、砦のようないかめしい立坑《たてこう》が見えてきた。旧住友赤平炭砿立坑である。炭鉱遺産と銘打って、観光客が立坑を見学できる施設があるのだ。

赤平の次は歌志内だ。範夫は車を降りて、町の中を少し見学した。

空知炭鉱の嚆矢《こうし》であるという自負からだろうか、歌志内の炭鉱館は史料が実に充実していた。おきまりの坑夫のヘルメットやトロッコだけでなく、炭鉱時代の生活雑貨まで、際限のないコレクションには学芸員の執念まで感じられた。炭鉱の歴史に真摯《しんし》に向き合う覚悟に範夫は励まされるような気がした。

歴史のとらえ方は様々でも、かつての炭鉱街のさびれ方は、どこも気味が悪いほどよく似ていた。景色もほぼ同じである。一本道、蛇行する川、山あいの細長く連なる集落、空き家、そして雑草に覆われた不自然なほど広い空き地の群れ。空き地は、かつて寄木細工のようにびっしりと炭鉱住宅が建っていた、その名残りだった。

虎杖と薄野原の只中に、見上げるばかりの立坑が、巨大な廃墟と化して不気味にそそり立っている。〇〇工業株式会社、というような朽ちかけた看板がいくつも残っている。工場が誘致されて、後に廃業した跡だろう。廃鉱の後、新しい産業を根付かせようと、自治体も必死だったのである。

すれ違う車はほとんどない。空ばかりが広かった。

七十年以上昔、範夫はこの道を歩いた。カーキ色の国民服にゲートル姿で、真っ暗闇の中を睡魔と闘いながらひたすら歩いた。満天の星の下、戦地にいる軍人たちに我が身を重ね、今よりずっと死を身近に感じて。

一年坊主が田んぼにずぶずぶ入っていったのは、どのあたりだっただろう？　案山子が立っていたのは？　めかしこんだ案山子が一列に並んでいた、あれはどのあたりだっただろうか。贅沢は敵だ、贅沢は素敵だ、何もかも夢みたいだった。

「もうすぐ上空知です」

運転手が言った。

赤平、歌志内と少し時間をとったので、日が翳《かげ》り始めていた。暖かくても、やはり秋である。範夫は気が急《せ》いた。明るいうちに上空知に着きたかった。

札幌を出るときから、上空知には絶対に寄ろうと決めていた。かつての炭鉱王国がどうなったのか、どうしてもこの目で見ておきたかった。

つい最近、範夫は雑誌の特集記事で、ある男の写真を見た。ヨーロッパ在住の日本人音楽家だという。上空知出身、その一文に引きつけられた。彼は範夫と同年輩だった。切れそうに鋭い横顔、澄んだ瞳、赤ん坊みたいな真っ直ぐな笑顔。

タクトだ、と思った。あの頃の面影がほとんど変わらず残っていた。

ごく短い記事だった。彼は、戦後、ドイツ人音楽家X氏の養子となり、ドイツに渡った。音楽活動の傍ら、ヨーロッパを中心に環境運動家としても活動、日本にはもう長いこと帰国していないが、あらゆる側面から母国の状況を憂えていると……。

範夫は、すぐに出版社に連絡をとった。逸《はや》る気持ちを抑えるのに苦労しながら、彼と再会を果たしたい旨、丁寧に頼んだ。

すると電話口の編集者は申し訳なさそうに告げた。

──残念ですが、先生は、つい先ごろ亡くなりました。あの記事が出たすぐ後、ご病気で……。

車はするすると道をすべるように走っていく。遮るものはない。人も車も見当たらない。

「上空知です」

運転手が言った。

そこは雑草の生い茂る空き地だった。

「駅はどこだろう、上空知駅、たしか、廃線になってしまったと聞いたが……」

「線路はありませんが、駅舎は残っていますよ」

「本当ですか」

空き地を迂回《うかい》していくと、山を背に古びた木造の駅舎が見えてきた。薄青色のスレート屋根にオフホワイトの壁。範夫は車を降り、下草を踏みしめ近づいた。

「いや、これは、懐かしい……」

そう言いかけて、範夫は足を止めた。

「上空知駅」という横書きの駅名看板。だがそれとは別に、もう一つ、「恋志内駅《こいしない》」と大書された縦長の大きな看板が駅舎の前面にかかっていたのだ。

「コイシナイ……なんだね、これは」

「ああ、それはテレビドラマですよ。ドラマのロケ地になったんです。もう二十年、いや、三十年になりますかねえ。あのドラマ以来、上空知駅より、恋志内駅のほうが有名になっちゃって。以前は、観光客が写真撮ったりしていましたよ」

人気《ひとけ》のない駅舎の内部では、すっかり色あせたテレビドラマのポスターやスチール写真が、埃をかぶっていた。

範夫は肩透かしを食ったような思いだった。

かつての炭鉱の玄関口は、架空の駅に乗っ取られてしまっていたのだ。

範夫は呆然《ほうぜん》と駅舎を見つめた。だがそのうちに、なんとも言い難い違和感をおぼえた。

「運転手さん、この駅舎、昔からここにあるの?」

運転手は、ちょっと首を傾げて言った。

「……いや、移築したんでなかったかな」

「移築、駅舎を移動したのかね」

「はい。廃線後、古い駅舎は取り壊す予定だったんですよ。だけど、ほれ、テレビドラマの観光客が来るから、建て直して残すことにしました。そのとき、場所を移動したんでなかったかな」

やっぱり、そうか。

何十年経とうが地形は変わらない。範夫は駅舎と背後の山並との位置関係に、違和感をおぼえたのだ。

この駅は偽物だ。

本物がどこかにあるはずだ。本当の上空知駅の痕跡が。

範夫は、向きになって周囲を見回した。

「じゃあ、昔の上空知駅はどこにあったんだろうね。ここから遠くはないはずだが。駅の跡地はどこかわかりませんか」

「そうですね、ええと……」

運転手は、記憶とナビの地図とを照らし合わせつつ、百メートルほど南へ歩いた。

「ここですね、上空知駅は、このあたりにありました」

「ここが……」

標識も何もなかった。野原だった。なぜか、モダンな三角屋根の小さな建物が建っていた。不思議に思って範夫は聞いた。

「これはなんだろう」

「トイレです」

「トイレ？」

範夫はあぜんとした。かつて隆盛を誇った炭鉱の街、上空知の交通の要、駅の跡地に？

「トイレだって？」

「はい。公衆便所です」

運転手は何食わぬ顔で答えた。

「もう何年前になるかなあ、当初はショッピングセンターを建てる予定でしたがね、なにせ不景気でしょ。業者が撤退して、白紙に戻すってことになっちゃいまして。それで、トイレだけ建てました。それがずっと残っていましてね」

「どうして……」

ショッピングセンターが、公衆便所に成り代わるのか。

範夫は、腹の底から湧いてくる怒りが、乾いた笑いに取って代わるのを感じた。

突然に古い記憶がよみがえったのだ。昔々、少年時代に聞いたタクトの言葉が。

——日本は負けるぜ。上空知は、クソ壺になる。

その通りになったじゃないか。アイツ、まったく、なんてヤツなんだ。

タクトの言うとおり、日本は戦争に負けた。ひどい爆弾を落とされて。そして炭鉱跡には、何もなくなってしまった。夢のように。

範夫はふと、なだらかな坂の向こうに目を馳《は》せた。

そこには、鶉の街が静かにうずくまっていた。お世辞にも栄えているようには見えない。とはいえ、鶉は生きていた。上空知炭鉱王国が跡形もなくなった今、鶉だけが残った。ここにはずっと昔から鶉しかありませんでした、といわんばかりの顔をして。

どんな形にせよ、鶉は上空知を取り戻したのだ。

炭鉱駅を偽物にすり替え、駅舎跡には公衆便所。鶉なりの、これはブラック・ジョークだろうか。かつて、開拓民の手から上空知を奪った炭鉱王国への、ささやかな復讐だろうか。今度は鶉が、歴史を塗り替えようというのか。

範夫は皮肉な思いで、空々しいほどメルヘン調の三角屋根を見つめた。

「小学校跡に行ってくれないかね」

タクシーに乗りこんで、範夫は言った。

運転手は、ナビを睨んで困ったようにうなった。

「学校、学校……うーん、お客さん、学校は、ありませんなあ」

「ないって、まさか」

あのひろびろとした敷地がなくなってしまうはずがない。

「閉山になってから、ここらもすっかり変わりましたからね。ナビにも地図にも載っていませんねえ、困ったなあ……お客さん、学校の近くに何かありませんでしたか」

「ああ、そうだ、神社があったな」

だが、この分だと神社も残っているかどうか怪しいものである。かつての炭鉱王国の痕跡は、ことごとく消し去られたかもしれない。

「神社……あった、ありましたよ、お客さん、ほら、ここに神社のマークが」

運転手がナビシステムの画面を示した。確かに鳥居のしるしがある。

「学校のマークはないけどねえ、行ってみますか」

しかし、たどりついたところは、草ぼうぼうの原野だった。神社などどこにも見当たらない。ただし小高い丘がある。ゆるくチェーンが張ってあり、その先が何かの敷地であることは確かだ。

「ちょっと待っていてくれるかな」

「はい、ですが、お客さん、気をつけて……」

「なに、すぐ戻るよ」

範夫は車を降りて丘を上った。くるぶしのあたりまで雑草がある。あたりに、いが栗が転がっている。

栗……。

引きつけられるように、範夫は先へ進んだ。そして、雑草の隙間にコンクリート造りの階段があるのを見つけたのだ。

もしかしたら……。

階段に足をかけたとき、ふと懐かしい思いがした。階段の蹴込《けこ》みの幅が、ひどく狭いのである。

そうだ、これは、子どもの歩幅に合わせた階段だ。小学校に続く階段、きっとそうだ。

いが栗の散らばる階段を、一歩一歩踏みしめるようにのぼっていく。二十年前なら、一段飛ばしにしたいくらいの子ども用の狭い階段が、年老いた今はちょうどよい。なんだか自分が、長い時間旅行の末に、ふたたび小学生になって戻ってきたような錯覚に陥った。

二十段ほどで息が切れてきたとき、目の前に校門が見えた。

「あった！」

上空知小学校の表示がある。

やはりここだ、と思った。戦後、校舎は建て替えられたはずである。敷地内の区画も変わった。しかし、範夫が通った上空知第一国民学校は、まさにこの場所に建っていたのだ。

三井炭鉱贅沢学校、タクトがそう言っていたな。

学校の周囲はどこも雑草に覆われていた。塗りの剝げた二宮金次郎の銅像が薄野原に埋もれるように建っている。昔、何よりも大切にされていた、天皇陛下の御真影を祀《まつ》った奉安殿《ほうあんでん》跡は、どこにも見当たらない。

記憶を頼りに敷地を通っていくと、学校の裏門に出た。土地はそこからもう少し高くなる。

小山を見上げて、範夫は思わず叫んだ。

「ここだ！」

ちょうど日が暮れる時刻だった。山の端に金色の太陽が沈もうとしていた。

祠もない。鳥居も残っていない。しかし、そこはかつての神社に違いなかった。山の端の金色の太陽だけが、七十数年前と同じ輝きで沈んでいこうとしていた。

そこに上空知炭鉱王国が確かに存在していたのだ。倶楽部、アメリカ映画、甘いお菓子、アスレチック運動場、それにタクト。馬鹿々しいほどの贅沢さと苛烈な差別が、この土地に刻まれている。人々の何ということもない営みと、そして数々の愚行とが。

目の前に広がる廃墟。それが戦争の片棒を担ぎ、同時に自らも戦争に片棒を担いでもらった、石炭産業の末路だった。

今はもう、何もなくなってしまった。だが、それでいいはずがない。忘れ去るということは、歴史を改ざんすることなのだ。書き残すだけでもいい、ありのままを伝えていくべきだ。ノスタルジーのためではなく、二度と愚行を繰り返さないために。

範夫は覚えている、懐かしい日々を。けれどそれは、やがて失われてしまう記憶だった。

幼なじみの亀虎は、滝中を卒業後、兄の亀辰と二人、亀田兄弟商会と名づけて事業を起こし、そこそこ成功したが、四十代で飛行機事故で死んだ。亀辰もしばらく後、こちらは自動車事故で亡くなった。中野先生は退職後、癌《がん》に侵《おか》され、長く郷里の病院に入院していた。人づてに、範夫に会いたいと言っていると聞いていたのに、その頃は多忙でとうとう見舞いに行けなかった。先生は間もなく死んだ。もう三十年以上も前のことだ。範夫の心残りである。兄の武夫は先月、鬼籍に入った。数年前に老人施設に入り、寝たきりの晩年だった。

そして、タクトも。

範夫は、ふと足もとに目を落とした。そこには薄紫の野菊の花が咲いていた。少し寂しそうに、ひっそりと。

いつのまにか、範夫の頬を涙が伝った。

「お客さん、大丈夫だったかい」

範夫が下りていくと、運転手が心配そうに駆けてきた。

「ああ、学校があったよ。神社は残っていなかったけど、場所はわかった。ありがとう」

運転手は険しい顔でかぶりをふった。

「いやいや、学校とか神社とかでなくてさ、このへん、そういやあ、熊が出るかもしれないんだったわ。お客さん、なんともなかったかね」

「熊だって？」

そういえば、地面に落ちていたいが栗は、ことごとく割れていた。あれは割れていたのではなく、熊が割ったあとだったのか。

背後で、からん、と音がした。

大きないが栗が一つ、範夫の足もとまで転がってきていた。

範夫は振り返って、もと来た道を見上げた。栗の木が空を覆うように枝を広げて立っていた。

それは七十有余年前、タクトが栗拾いをしていた栗の木だった。長い棒を振り上げ、振り下ろし……。

青白い空が暮れていく。遮るものの何もない、まっさらな空だ。一番星が輝いていた。

おい、タクト。これが俺たちの故郷だ。

どうだ、きみの予言どおり、何もなくなって、すっきりしたじゃないか。上空知は、やっと夢から覚めたんじゃないか。夢から覚めて、自由になったんじゃないか。

これから新しいことが始まる、そう思わないか？

偽物の駅や公衆便所は、いただけないけどな。

これから、この土地を、きみならどうする？

馬を飼おうか、果樹園をつくろうか。

街をつくろうか、静かな街を。あまり浮かれ騒いで地底の怒りを買わぬように。金《かね》儲《もう》けにかまけるのじゃなく、かつて、きみのお祖父さんたちが目指したような、地に足のついた豊かな街を。

可能性はいくらでもある。これからじゃないか。

上空知、北海道。この新世界の歴史は道半ば、見棄てるには瑞々《みずみず》しすぎる。いにしえびとが、道をつけ、鍬《くわ》を振るい、土地を拓いたのは、獲り尽くし、奪い尽くし、挙句にゴミ捨て場にするためではなかったはずだ。

この辺境という、新世界を。

タクト、きみならどうするだろう？

若いヤツに託してみるか。きみみたいな破天荒な若者が、きっとどこかにいるはずだから。俺はもう少しこっちにいて、若いヤツらの手助けをするよ。彼らが再び、あやまちを犯さないように、目を光らせていなきゃならない。

なあ、タクト、聞こえないか。新しいメロディーが。

俺たちが見たすべての古い夢を礎にして、誰かがどこかで奏で始めた、全く新しい夢《トロイメライ》が、きみの耳に届いてはいないか。

一番星が瞬いた。激しく、鋭く。

まるでタクトが、空の彼方で、指揮棒を思いきり振り下ろしたかのようだった。

解説

田口幹人（未来読書研究所共同代表）

歴史に触れることは、過去を振り返っていくだけではない。

歴史とは、今日まで遺された数多くの史料から、過去にどのような出来事があったのかを探り、それはなぜ起きたのか、当時の人々の暮らしや社会活動、またのちの時代にどのような影響を与えたのかを、各時代で考証しながら伝えられてきたものである。

過去の積み重ねの上にいまがある。過去をふまえ、いまをどのようにしていくかを考えるためには、過去に触れ、過去を知り、過去から学ぶことが必要である。いま、どうするかは、未来を創りだすことにつながってゆくのだから。

歴史は、その時々の人間の営みの積み重ねである。長い間、縁を結び、縁に従うことの繰り返しの中で、歴史は作られ新しい文化を築いてきた。人は、生まれてからずっと、必ず誰かと繋がって生きている。どんな土地に生まれて、どんな生き方をしたのか、それを覚えていてくれる誰かがいる限り、その営みが消えることはない。それは、きっと土地の歴史や記憶にも同じことが言えるのかもしれない。その地の歴史は、そこに住んだ者たちの足跡の積み重ねで出来上がっているのだから。人間にも足跡があるように。

『小さい予言者』は、第七回歴史時代作家クラブ賞を受賞した『鳳凰の船』、そして『楡の墓』に続く、明治開拓期以降の北海道を舞台にした北海道開拓史三部作の完結編であり、北海道開拓史に名を刻んだ者たちの想いを、市井の人々を通じて浮かび上がらせた作品集である。

明治に始まる開拓の歴史は、未開の北の大地を、国力増強のために活用し、さらには明治維新後の士族救済が、背景に色濃く見えるかたちで推進されていた。農地開拓、札幌の開発、交通インフラの整備、資源エネルギーや鉱山開発、札幌農学校の設置など、集団移住者と屯田兵による開拓が進められた。いわゆる中央主導型の開発とインフラ整備が北海道開拓に光と影を落とすことになる。

第一部『鳳凰の船』では、函館を舞台に、願乗寺川を造成した堀川乗経《じょうきょう》の娘や、初代北海道庁長官・岩村通俊《みちとし》と開墾に力を尽くしたプロシア人商人、函館発展のために事業を興した英国人・ブラキストン、港湾建築の廣井勇《ひろいいさみ》など、いずれも実在した人物や事件を扱うことで、明治開拓初期の北海道の歴史を垣間見ることができた。第二部『楡の墓』もまた、その時代背景の中、石狩原野や札幌の厳しい自然を乗り越えて原生林を拓き、北海道の基礎を築いた人々を静かに研ぎ澄まされた文章で綴った物語だった。

石狩地方を開拓するために、札幌の土地を開墾し、札幌の街づくりの発端を作った大友亀太郎と、開墾に励む青年・幸吉の成長を描いた表題作「楡の墓」は、移住者の入植地における余所者《よそもの》としての立ち位置に踏み込んだ作品だった。七つ年上の寡婦・美禰《みね》への想いと、余所者がその地で生きる者へと変化してゆく心の揺れ動く様が強く印象に残っている。また、船上で開拓長官・黒田清隆が札幌農学校の指導者として招聘《しょうへい》されたウィリアム・スミス・クラークと聖書の扱いを巡り語り合う「七月のトリリウム」は、人を育てるというテーマが題材となっていた。開拓の本当の意味は何なのかを突き詰めた一篇だった。

本書『小さい予言者』では、中期から後期の北海道開拓がその後に残した光と影が、第一部、第二部よりも、より市井の人々の営みに寄り添って描かれている。様々な思惑と夢と希望を胸に海を渡った開拓者たちが、各地に蒔いた種は、厳しい環境の中、少しずつ芽を出し、やがて花を咲かせていく。一方で、彼らが渡る前から根付いていた花が踏みつぶされてきたのも事実である。しかし、長い間その地に根を張ってきた花には、めげずに生き抜く意地があるのだ。

三部作すべてに通じるのだが、本書もまた、著者の研ぎ澄まされた豊かな表現力が随所にちりばめられている。地層・本・花・光・防波堤・そして町など、感覚や感情をもとに心に思い浮かべられる景色、いわゆる心象風景の描写が秀逸で、それが自然に自身の記憶や想像とリンクしていく。

ここからは個々の作品に触れていきたい。

「ウタ・ヌプリ」は、明治三十一年から北海道の北の果て北見枝幸《えさし》におけるゴールド・ラッシュに翻弄された人間の悲哀を描いた作品である。北見枝幸の幌別《ほろべつ》川上流で金田《きんでん》が見つかり、一攫千金を夢見る有象無象が枝幸に押し掛ける。父母と三人で石川県から檜垣《ひがき》農場に移住してきた弥太郎もまた、一攫千金を求め、父と母を農場に残し砂金掘りにのめり込んでいく。偶然出会った砂金掘り名人である老人に教えを請い、技術を身に着けていく。そんなある日、檜垣農場時代からの知人である藤助《とうすけ》に誘われて訪れた盛り場での、ある女性との出会いが弥太郎の人生を狂わせてゆく。金や欲に浮かされた者たちの行く末はどんなものであろうか。老人や父の過去、そしてゴールド・ラッシュがまちを蝕む姿が弥太郎の今を映し出していた。

「費府《フィラデルフィア》早春」では、お雇い外国人として北海道の地質鉱床調査に従事した鉱山学者ライマンが、帰米後に受け取った手紙と、夢を見て日本から海を渡ったが行き場を無くした少年・マツキチと出会うことで、来日当時の出来事を振り返る。ライマンの回想では、開拓当時の為政者と度々衝突した逸話が語られ、当時の為政者たちの思惑と外国から見た日本の姿が浮かび上がってくる。一方で、来日中のライアンが蒔いた種は大きく育ち、様々な地域で根を張り、花を咲かせた。

「日蝕の島で」は、北の果ての枝幸村にある、日蝕がもたらした北海道初の公立図書館をモデルにしている。主人公・玲子の亡母の願い、そして玲子が早逝した夫と語り合った夢が重なっていく物語である。

この一篇には、北海道開拓史三部作に通じる著者の想いが詰め込まれている。

今は、ガラクタみたいで価値がないように見えても、将来の人間にとっては、何かを知るためのきっかけになるかもしれない。失われてしまってからでは遅い。だから、わたしたちはできるかぎり収集をしています。瓶の一本、蓋の一つが、その時代の道しるべになる。

主人公が訪れた博物館の館長が発した言葉である。
また、こんな一文があった。

日本の中心から遥かに北の辺境の地、道北・枝幸。けれど見方を変えれば、辺境は最前線になる。不便でしかないと思い込んでいた故郷、枝幸という土地が、どれほど広い世界に面していることか。首都・東京という偏見に毒された日本。その狭苦しい社会に背を向けて、新世界へと視線を転じることができるではないか。

著者にとって北海道開拓史三部作とは、栄枯盛衰、時代の流れの中で根差したものも消え去ったものもあるが、確かにそこにあったという人間の営みを通じ、北海道の土地の歴史や記憶を、そこに住んだ者たちの足跡を拾い集めるために記したものなのではないだろうか。

さらには、北の大地で育ち、学んだ若者たちが、日本だけではなく、世界に羽ばたいてゆくことへの願いが感じられる物語だった。

「稚内港北防波堤」は、北の果てのさらに北に位置する樺太への玄関口である、稚内に移り住んだ家族の別れの危機を描いた作品だった。祖父が新天地を求めて函館に渡り、そこで生まれた父は札幌を経由して旭川に移り住み、自身はその後道東を転々として稚内に辿りついた。そして、幼い息子を連れて樺太への玄関口で決断を迫られている。顚末は読んで確かめていただきたい。

ラストは、表題作にもなっている「小さい予言者」である。昭和十六年、道央の架空のまちである炭鉱で栄えた上空知《かみそらち》を舞台とした物語である。戦争の気配が忍び寄る中、戦争の拡大により、石炭の増産が求められ、炭鉱が栄えた。炭鉱王国だった上空知には、山の裾野を覆い尽くすように見渡す限り炭住《たんじゅう》がひしめき合い、ひっきりなしに石炭列車が行き来し、空前の賑わいをみせていた。そんな上空知で育った子どもたちを通して戦争に躍らされた炭鉱の末路と、その地に残された希望の芽が描かれている。本編では、どこからか突然現れ、奇態な行動をとって風とともに去っていった少年タクトと、彼が触れ合う上空知の学校の子どもたちの間に生まれる、ほのかな絆を描いている。タクトの言葉は、自由への渇望、友情、自然との和やかな調和、そして人間の愚かさを繊細かつ力強く映し出している。

北海道開拓史三部作最後の一篇だけ、架空のまちを舞台に、神秘性をもった人物を登場させることにより、著者の物語作家としての想いが詰め込まれた作品となっている。「小さい予言者」という物語は、北海道開拓という歴史が生んだ大人の童話であり、そこに深遠で複雑なメッセージが込められており、心の風景を優しく彩り続ける作品だと感じた。

それぞれの土地には歴史と記憶がある。そして、その地の歴史は、そこに住んだ者たちの足跡の積み重ねで出来上がっている。北海道開拓史を追うことで、著者は「小さい予言者」という一篇の大人の童話を描きたかったのではないだろうか。

時代を越えて読み継がれてほしい作品に出合えたことを喜びたい。

引用文献

『枝幸町史』上巻　枝幸町史編纂委員会編

本書は小社より、二〇二一年十月に単行本刊行されたものです。

双葉文庫

う-15-07

小《ちい》さい予言者《よげんしゃ》

2024年7月13日　第1刷発行

【著者】
浮穴《うきあな》みみ

【発行者】
箕浦克史
【発行所】
株式会社双葉社
〒162-8540 東京都新宿区東五軒町3番28号
［電話］03-5261-4818(営業部)　03-5261-4831(編集部)
www.futabasha.co.jp（双葉社の書籍・コミックが買えます）
【印刷所】
大日本印刷株式会社
【製本所】
大日本印刷株式会社
【カバー印刷】
株式会社久栄社
【DTP】
株式会社ビーワークス

【フォーマット・デザイン】
日下潤一

ISBN978-4-575-52767-4 C0193
Printed in Japan